# 内心优雅，自有力量

霍思荔 ◎ 著

中国出版集团

现代出版社

# 目 录

上篇

唯时光与爱不可辜负

林徽因：

愿无岁月可回首，且以深情共余生

　　写民国女子，一定绕不开林徽因，她是中国不可能再重复的传奇女性之一，是女人的终极目标，是男人们心中最完美的女神。

　　林徽因也确实值得羡慕膜拜。像她这样生得好、长得好、学得好、爱得好、嫁得好、自己还干得好的人生大赢家，简直是神一样的存在，堪称 360 度无死角的完美女神。简而言之，她得到了一个女人想要得到的一切。

　　林徽因的存在，便让同时期的其他女性显得不那么完美了。张爱玲纵然才气倾城，但遇人不淑，遇到胡兰成，低入尘埃，流落异国，晚景凄凉，终究算不上圆满。陆小曼熠熠生辉，明珠生晕，却两度嫁人，婚姻一地鸡毛，最后完全地沉寂了下来，跟了翁瑞午，也只是同居，终生再没有婚姻。唯有林徽因，她能在对的时间选择对的人，做对的事情，一生完美无缺。

　　这说起来简单的人生智慧，却需要一场光阴中漫长的修炼来成全。林徽因的人生经历，完全就是一本《女神修炼手册》。

### 对的时间，选对的人

林徽因，出生在人间天堂的杭州，为福建闽侯林氏。闽侯林氏为显赫望族，林则徐就出身闽侯林氏。如果以"三代培养出贵族"，闽侯林氏，是名副其实的望族与书香门第。林徽因的祖父林孝恂为光绪进士，曾留学日本，担任过浙江不少地方的长官，后担任杭州知府。林孝恂既传承了中国传统文化的精髓，又接受了先进的思想，开明豁达，祖母游氏也是名门闺秀，诗书女红样样精通。

林家虽然是书香门第，但到林孝恂这支分支时，已经沦为布衣，经历过生活困顿。同时，这个家庭也有一般家庭所没有的远见。林孝恂与游氏夫妇极为重视子女的教育。因此，林家儿女个个擅诗书，工书法，胸襟开阔。

林徽因的成长轨迹，就可见林家对后代教育的重视。因为生母何雪媛没文化，因此祖母游氏将她安置于自己的卧室，绕膝逗乐，亲自照料。祖母的端庄大气，知书达理也熏陶着林徽因。

从两三岁开始，林徽因就由姑姑林泽民对她进行启蒙教育，教她识字读书，背诵诗词。林泽民是清末民初典型的大家闺秀，诗词歌赋，琴棋书画无一不精通。有这样一个学霸姑姑做启蒙老师，长期受古典文化的熏陶浸染，让林徽因自有一种浑然天成的知性之美。

对母亲，林徽因有种"哀其不幸，怒其不争"的无奈，很多年后，她对儿子梁从诫提起过自己对父母的态度。她怨父亲对母亲的冷落忽视，但是她也明白，始终活在阴云里的母亲，思想守旧狭隘，确实让人难以亲近。

要论出身，陆小曼似乎更胜一筹，父母皆出身名门，夫妻琴瑟和谐，可以说集万千宠爱于一身。林徽因的母亲何雪媛，是出身于小油坊的小家碧玉，没接受过教育。以何雪媛这样的家世能嫁入书香门第、仕宦之家，想必应该是明眸皓齿的美女，用现在的话来说，颜值一定很高。林徽因能成为民国"四大美人"之一，可见父母基因不差。

恋爱可以凭脸，可以靠刷颜值，但是颜值在婚姻与生活面前，往往不堪一击。何雪媛既不是出身名门，也没有名门闺秀的诗书气韵，无法与丈夫赌书泼茶，举案齐眉，自然就不能成为父亲林长民的知音与灵魂伴侣。

两性的吸引，是两情相悦的基础，但却不是相爱相亲最重要的部分。如果不能做朋友的一双人，几乎不太可能做恩爱长久的夫妻。所以，无论爱得多么惊天动地，真正要遁入婚姻前，不妨问问自己，爱情之外，对方能跟自己做知己，做几十年的挚友吗？简单地说，能做好朋友，才能做好夫妻。

何雪媛与林长民学识、阅历、眼界、经历……完全是两个世界的人，成为朋友的概率几乎为零。

当然，所有的婚姻都最终要归于烟火红尘，何雪媛如果能精明能干，善于理财持家，处世圆融通达，纵然不能得到丈夫的爱情，至少能得到他的尊重，人生也有另一种圆满与境界。

人生要活得恣意，需要成本极高，天赋不可或缺。想要活得自在，却只需一两样拿得出手，既然没有才气傍身，不能红袖添香，那就干脆做一个王熙凤式的精明女人，里里外外打点妥帖。

做不到？那总可以研究下厨艺跟女红，学习理财，建设好小金库，搞好婆媳关系吧？像张幼仪那样，纵被弃，可家庭里财政大权握在手里，整个徐家都是她的后台，徐家"宁要媳妇不要儿子"，断了对徐志摩经济的支援，还是张幼仪数次私下接济，帮他渡过难关，徐志摩百感交集，五味杂陈。

还是做不到？那做做"傻白甜"，温柔贤惠，乖巧听话，总可以吧？换言之，可以不会这样，不会那样，但不能什么都不会。人生，一定要有一两样东西可以拿得出手。

可惜的是，何雪媛没有女王命，却有女王心。女红，诗词，书法，没有一样出众，还不擅家务，因在家排行最小，急躁又任性，不懂得婉转圆融，又没有自己独立的精神世界，这样的女子，放在今天，也很难婚姻如意。

何雪媛在生了林徽因后，又相续生了一儿一女，可不久都又夭折了，出于对子嗣的考虑，在他们婚后 10 年，林长民又娶了同是小家碧玉的程桂林。程桂林虽然也并未出身于大家族，也不擅诗书，但她来自上海，有一种经过都市熏陶后的乖巧伶俐，圆滑精明，长袖善舞。更重要的是，程桂林又接二连三地给林家添了几个儿子，解除了林家的子嗣之忧，自然得林家上下欢心。

林长民的心完全地倾向了程桂林。他常住在程桂林的院子里，甚至还以程桂林的名字给自己起了一个别号——"桂林一枝室主"。在那里，他与程桂林以及孩子们，共享天伦，其乐融融。

而住在后院的何雪媛被林长民彻底地冷落了，她变得更为郁郁寡欢，怨天尤人，性情变得更为暴躁古怪，让人难以亲近。林徽因对何雪媛的态度是矛盾的，血浓于水的亲情，让她同情母亲的境况，替母亲不平，但是她从内心深处也并不认同母亲。

有两个小故事，可以说明何雪媛对林徽因的不理解而给林徽因造成的困扰。

林长民去世后，林徽因与梁思成回国，将何雪媛接到一起住。三弟林恒从福建到北平投考清华，暂住梁家。林徽因作为长姐，很小的时候，就承担起照顾弟妹的责任。在她12岁时，在给林长民的信里告诉父亲，二弟林桓生病了，使劲地哭，而保姆只顾自己睡觉，林徽因只得自己半夜起来抱着林桓，在月光弥漫的走廊里慢慢地走，哄着林桓睡觉。过了很久，林桓才熟睡。

林徽因没有其母的狭隘，对弟妹细心照顾，过早地担起了长姐的担子，承担了本该父母承担的责任。

三弟林恒因为想投考清华，而暂住梁家。来到梁家后，林徽因自然也尽心照顾。林徽因虽然不喜家务，但一旦真做起来，也做得无可挑剔。梁家来往客人多，她甚至以建筑学家的思维，画了一张铺位图，标明谁该住哪里。以职业精神料理家务。林徽因做人做事的严谨认真可从这些细节窥知一二。

然而，何雪媛却把对程桂林的嫉妒与不满，发泄到林恒身上，给林恒制造各种不痛快。然而，她没意识到，这是在梁家，新式的、充满朝气的梁家，她对林恒种种的刁难，最终都变成了对林徽因的为难。

林恒在1941年的成都空军保卫战中牺牲，他跟何老太太的纠葛却并未就此结束。

抗日战争爆发，原本已经考取清华的林恒弃笔从戎，重新报考了航空学校，做了飞行员。在1941年成都空战中，由于后方防空警戒系统的不足，日本空军进行偷袭，直到日本战机出现在成都双流上空时，中国空军才有反应。林恒冒死登机迎战日军，在击落一架日机后，自己也被击落，血洒长空，壮烈殉国。

家人都不敢让林徽因知道这个消息，梁思成悄悄地去成都收拾整理了林恒的遗物，其中包括一枚刻着"蒋中正赠"字样的短剑。梁思成把包括这枚短剑在内的遗物收藏了起来。

正是这把短剑，在"文化大革命"时，被红卫兵从何老太太的房间里搜到。这枚让梁思成背上"特务"之名的短剑，其实是极普通的一把佩剑。当时凡是蒋介石担任校长或者名誉校长的军事院校，学员在毕业时都能获得这样一把镌刻着"蒋中正赠"字样的精致佩剑，只是为了搭配校方颁发的礼服。

在林恒牺牲了数十年后，却因为这把短剑饱受皮肉之苦的何老太太，恐怕也只能流泪苦笑。

老太太以90岁高寿离世。林长民去世后，何老太太跟随林徽因、梁思成生活，由女儿女婿照顾。在最开始的几年，林徽因与梁思成因为她频繁发生争吵。据说，在李庄时，全家人的生活几乎陷于绝境时，老太太还吵着要吃红烧肉。

林徽因去世后，梁思成一直照顾她，梁思成在自己弥留之际，还不忘对她做安排。梁思成去世后，相关领导指示要照顾林徽因的母亲，每月给她50元的生活费。在梁思成去世后半年，90岁高龄的何老太太也走完了她怨愤不平却又谨小慎微的一生。

母亲一生的经历，让林徽因早慧，懂得选择，懂得取舍。林徽因固然有浪漫的因子，但更懂得冷静自持，在该世俗的时候，总能把握机会。

她很小的时候，有一次生病，何雪媛去问管家要钱给她买药，结果管家拒绝了。这一切被躺在床上的林徽因听得清清楚楚。林徽因欢乐的童年，大概就结束在那一天，现实以冷酷又凌厉的方式惊醒了她，让她明白，她靠不住受冷落的母亲，她的一切都需要靠她自己来争取。

所以，她活得那么努力，认真学习，父亲在外时，她照顾两个母亲与弟妹。她成了最受长辈们喜欢的孩子，也是林家最受瞩目的明珠，连程桂林都不得不承认，她是林长民最喜欢的女儿。

终于，她的努力改写了避免重复母亲的命运，林长民决定带她游历欧洲，增长见识。

女神一定是颜值高的美女，但美女却并不一定能做女神，像林徽因这种被称赞、谈论了几十年的女神，一定有她独特的魅力与风骨。许多文学作品中，都把林徽因描述成了拥有倾国倾城之貌的绝代佳人。

其实，严格说来，林徽因作为"民国四大美女"容貌动人毋庸置疑，但也还没到倾城倾国、颠倒众生的程度，林徽因的美在于清丽脱俗，也在于她出众的品位。自然，这要得益于她少女时代即跟着父亲林长民游历欧洲列国，有一般少女没有的见识眼界，气度胸襟，加上她在美国学习艺术，大大提升了她的审美品位。


**没有灵魂的花瓶，成不了女神**

长相清丽，品位脱俗，审美绝佳，会写诗，这样的女人，在民国并不罕见，为什么引得男士竞折腰，成为"民国女神"的唯有林徽因？

这些，不仅在于她的浪漫，还在于她的克制；不仅在于她的才华，还在于她的风骨。林徽因的逸事，其实已经被谈得太多，而其中，她常常被人诟病的，大概有三件事。第一件，就是徐志摩与张幼仪的离婚事件。

当时，林徽因不过是一位十六七岁的花季少女，懵懂纯真，可能连爱情为何物都并不真正了解。她第一次见到徐志摩，差点叫"叔叔"。徐志摩给她的情书，被她烫手山芋一般地扔给了跟徐志摩玩"情书游戏"的父亲，由他代为回信。

爱情之美，在于求而不得，这是人性的弱点，徐志摩也不例外。他彻底陷入了对林徽因狂热的爱恋中。为了能尽快恢复单身，有资格追求林徽因，徐志摩逼着怀孕的张幼仪离婚。

于是，人们就把林徽因当成了徐志摩与张幼仪婚姻破裂的始作俑者。这是真的吗？徐志摩与张幼仪都是成年人，难道要让年仅 16 岁虽早慧却不谙世事的少女，对两个成年人的婚姻负责？

另外，徐志摩与张幼仪的婚姻，徐志摩还没见到张幼仪时，就认定张幼仪"非他灵魂之伴侣"，刚结婚没多久，他就要做新式离婚第一人。没有林徽因，也会有其他女子，让徐志摩这颗浪漫不羁的心放弃婚姻。

听听杨步伟怎么说的吧。在她的自传《杂记赵家》一书中，曾记载过中国留学生中间流行着怂恿朋友离婚的风气。当时，只有傅斯年、陈寅恪专注于做学问，如同"宁国府门前的大狮子，是最干净的"。由此可见，当时劝徐志摩离婚的，还有那一堆受西方思潮影响的中国留学生，他们为什么不用为徐志摩的离婚负责？

而说到离婚后的徐志摩，恢复自由身，兴冲冲地去找林徽因，却发现林徽因已经选择了梁思成，不久两人就宣布结婚。

女神也是要生存的，更何况聪颖又早慧，内心缺乏安全感的林徽因。徐志摩轻率地结束婚姻，抛弃怀孕妻子的做法，让她本能地对诗人的热情，感到没有安全感。而童年的经历，让她对婚姻采取了更为谨慎的态度。可能就心灵的交流来说，梁思成未必是最懂她的人，但林徽因更早地明白了要选择"最合适"，梁思成的宽容厚重，一诺千金，不是诗人的浪漫不羁可以替代的；而梁启超的学识修养、远见卓识、地位，都是其他人难以望其项背的。

林徽因的一生，与三个优秀男人的名字紧密联系在一起，她让徐志摩难舍一生，让金岳霖眷念一生，与梁思成相守一生。但事实上，她一直与他们保持着适当的距离，以清醒的态度维系着友谊与婚姻。

徐志摩具有天真的热情与诗人的浪漫，风度翩翩，才华横溢，然而，林徽因却冷静而理智地了解，徐志摩爱的是自己心中的林徽因，而不是现实中的自己。

有这样的远见、眼界的女子，会故意去破坏一个家庭，获得一份备受诟病的爱情？这不仅有悖于林家的家风家教，也不符合林徽因一贯的为人风格。

第二件就是"群发情书"事件。事情发生在林徽因跟随林长民在伦敦期间。林长民去瑞士国联开会，空荡荡的大屋子里只有林徽因，而此时雾都伦敦阴雨天气，让倍感孤寂的林徽因开始思念故土，挂念友人，渴望友情的温暖。

林徽因开始用给朋友们写信来打发时间，每封信的内容其实并不一样，而信唯一相同的部分，就是结尾，林徽因让他们向她报平安。

这就是"情书群发"事件的始末，同时收到信的还有朱光潜、胡适、张歆海等人。他们作为林徽因信任、熟悉的朋友，林徽因不会如此无聊肤浅到发一封莫名其妙的情书，让自己陷于尴尬境地。后来，陆小曼也证实了这点。因为看了信后的陆小曼说张歆海没希望，而徐志摩更没希望。可见，当时给其他人的信，可能远比给徐志摩的信更亲切，更有感情。"情书"的说法，显而易见是徐志摩想多了。

这场"情书群发"的闹剧，被作为林徽因喜欢玩暧昧的，对身边男人欲拒还迎的证据说了很多年。其实呢？正如作家闫红所说，女神在太平洋彼岸轻轻扇了扇翅膀，给了她在北京的朋友们发一组问候信而已，却引起了北京文学界的大风浪。从徐志摩到张歆海，彻夜难眠，第二天争先恐后地奔向电报局，于是就有了《拿回去吧，劳驾，先生》里描述的闹剧。

女人，可以一时吸引别人的是外貌，能吸引一段时间的是聪明，能维系一生的爱，最终靠的是品德。

哲学家金岳霖与林徽因夫妻的友谊真挚可贵，对林徽因，始终保持着尊重与克制，陪伴到她生命的最后时光，几乎成了一个爱情传奇。于是，坊间就流传林徽因向梁思成坦陈自己苦恼于"同时爱上了两个男人"的段子。

这个八卦段子被人广泛地传播，一方面是表现林徽因的"坦诚"，另一方面也是赞扬梁思成的"大度"，以及对林徽因的"海一样的深情"。

如果这个故事是真的，果然大师的世界我们不懂，完全可以作为"非正常人类研究中心"的课题来研究——林徽因要有多蠢多肆无忌惮，才会去向自己的丈夫坦白自己爱上了另一个男人？除非她是已经收拾好了行囊，只等梁思成一成全，然后跟老金说走就走。可问题是，那时候她是随时要临盆的孕妇。这个时期的女人，内心全都是对即将生产的种种担忧，身边纵然放着一个吴彦祖，也会当成路人甲。

另外，按照正常逻辑，如果还没有决定离婚或私奔，纵然有点小绮丽的想法，不是跟闺密谈谈就好吗？林徽因神一样的存在，容易刺痛中国文艺女青年的玻璃心，但总可以跟自己关系好、神经大条的洋姐费慰梅（美国汉学家，汉学大师费正清的夫人，也是林徽因夫妇的好友）聊聊吧？但是，费慰梅的回忆录或者她的书信上都从来没提到这点。

而这个八卦最大的漏洞是时间。根据徐志摩等人的书信，以及金岳霖自己的回忆录，还有清华的大学的记录，都证明那段时间的金岳霖在美国。即使是在出国前，金岳霖与其女友也是租住在凌叔华房子里，与大腹便便的林徽因没见过几面，之后，金岳霖就出国了。金岳霖美人在怀，还会爱上一个挺着大肚子，没见过几面的林徽因？还是林徽因打算到地球的另一端去爱金岳霖？

八卦甚至把梁思成的腿的责任也算到林徽因的头上，说她喜欢吃大鸭梨，就告诉倾慕者们：谁爱我，谁就去买大鸭梨，谁先买到谁就真喜欢我。于是，梁思成就骑着自行车去买鸭梨，却在回来路上出了车祸，留下终身的残疾。林徽因则因为内疚，嫁给了梁思成。

林徽因真冤。梁思成是因为 1923 年参加学生示威游行时，被军阀金永炎的汽车撞伤。因此，梁思成的母亲李夫人还到总统府大闹了一场。

如果继续追根究底，这些八卦的最初的来源便是林洙的回忆录《梁思成、林徽因与我》，那这些故事的真实性，就耐人寻味了。

林徽因是女人，可能也会有女人的小虚荣，但更重要的是蕴藏在她修养内的热情，以及她喜欢探寻真理，喜好辩论。另外还要提一点，林徽因的父亲洒脱不羁，喜欢表现自己，所以，他的这种个性，很难让天生丽质、对文学与艺术极有天赋的林徽因，养成低调内敛的气质与锦衣夜行的习惯。所以，才会有"太太的客厅"，让林徽因实在过了一把 party 女主角众星捧月的瘾。但这不是最重要的原因，林徽因不会把宝贵的时间与生命浪费在虚无而无意义的事情上。

仔细看看出现在太太客厅里的人，都有谁？都是沈从文、胡适、徐志摩等大师级人物，这里精英荟萃，各种先进的思想、观点会聚于此，就求知欲极强的林徽因来说，这么多赫赫有名的大人物，周末统统都跑到她家里，免费给她授课，和她探讨，她能不积极热心地把沙龙办下去吗？这完全符合林徽因求知欲强烈、抓住一切机会丰富自己的"海绵女"特征。受不住寂寞，就等不到繁盛，林徽因的完美，在于她活得用力。

林徽因口才一流不假，传说跟梁思成吵架用英语，跟老妈用福建话吵，跟保姆吵则用普通话，但能跟大师们探讨，如果脑袋空空,徒有口才也是虚张声势,空洞无物。这就很像胡兰成的风格,满篇"亦""连",半白半文,完全纸老虎。

林徽因的为人处事,直接到了什么程度?关于冰心与林徽因有一个关于"醋"的桥段广为人知。冰心撰文"太太的客厅",疑似在影射讽刺林徽因。如果换了其他人,要么也发文夹枪带棒,明嘲暗讽一番,要么一笑置之。然而,林徽因的回击方式,直接又任性。那时,她刚从山西考察回京,便把一坛从山西带回来的又香又醇的老陈醋给冰心送去。

不纠缠,不多言,干净直接。聪明人都是如此,不绕圈子。

## 一代传奇女神,终将落幕

谈到林徽因,首先被注意的是关于她的八卦绯闻,再远一点,知道她是诗人、作家,即使知道她是建筑学家,也因为她总是把做了一半的稿子,扔给梁思成替她完成,而被人质疑,她是沾了梁思成的光,才被建筑界所承认。

实际上,林徽因是比梁思成更先了解建筑,更立志要学建筑的人。当年,梁思成向林徽因求婚时,林徽因的条件就是让梁思成跟自己一起学建筑。而那时,梁思成还不知道自己该学什么,也根本不了解建筑是什么。

不过,命运在此却跟林徽因开了一个不大不小的玩笑,美国宾夕法尼亚大学建筑系不收女生,无奈之下,林徽因只得选择攻舞台设计。也正是几年的舞台设计学习,让林徽因对艺术、对美学,有更高的领悟与造诣，这也为她回国后对中国古典建筑的研究专著，赋予了灵性之美，往往能给梁思成的专著画龙点睛。

林徽因以她开阔的眼界，跳出旧式书香门第的桎梏，造就了"中国建筑之父"。

林徽因喜欢做创意性的工作，经常把草图绘好，然后就扔在一边，自有梁思成替她完成。这无关能力，只是人家夫妻秀恩爱好不好？ 如果不是真心热爱建筑，从1930年到1945年，她怎么能坚持15年和梁思成一起踏遍祖国的千山万水，足迹遍及中国15个省、190多个县，对中国2738处古建筑进行考察测绘？有很多古建筑正是因为他们的考察而得到了世界的认识，从而获得了保护。

1936年，为了能获得勘测古建筑的精确数据，林徽因与梁思成一起登上了宁静肃穆的天坛祈年殿屋顶。林徽因成了中国历史上第一个踏上了皇帝祭天宫殿屋顶的女性。

作为中国人，面对外敌侵入，他们同样有国仇家恨。林徽因的弟弟林恒，梁思成的弟弟梁思忠，都为抗击日寇而为国捐躯。后来，梁思成加入营造学社后，拒绝与任何日本人交往。

抗战时期，林徽因与梁思成重病缠身，生活困顿，经常需要在被日军轰炸过后的废墟里淘回还能继续用的日用品。费慰梅劝她到美国，他们拒绝了，他们要与灾难深重的祖国在一起。儿子梁从诫问林徽因，万一日本人来了怎么办？林徽因回答得很淡定："出门不就是扬子江吗？" 梁从诫再问："那我怎么办？"林徽因沉默了一会儿，回答："到那时，就真的顾不上你了。"

但作为建筑学家，他们又能以建筑学家的责任感、超前意识与博大胸怀去保护一切值得保护的古建筑，其中也包括日本。1944年，梁思成让助手绘制出日本古都京都和奈良的地图，然后他在上面标注出古城、古镇与古建筑物的位置。

由于日本奈良周围是重要的军事目标，1945年，盟军还需要一份详细标明文物地点的地图，以便在轰炸时最大限度地保护奈良的历史遗迹。然而，很少有人知道，这一次的标注绘图工作，是林徽因完成的。正是他们放下了家国仇恨，让日本京都、奈良躲过了一场灾难性的浩劫。日本人因此一直尊梁思成为"古都的恩人"。

很多年后，梁从诚受邀去日本演讲，当他以低沉的声音讲述自己的叔叔与舅舅都死于这场由日本发起的掠夺战争时，台下顿时一片寂静，陷入了长久的沉默中。这是奈良人第一次知道，他们的恩人也被这场侵略战争深深地伤害过。

熬得住寂寞，经得起艰难，才能炼成女神风骨。与丈夫一起寻访古建筑，勘定建造年月，但考察勘测、揣摩结构、计算尺寸，然后根据勘测数据进行记录、绘图、照相、归档，这些仅靠着天资聪颖，是无法完成的。而且，当时他们都是困顿交加，疾病缠身，还要照顾一家老小，颇为不易。

1937年，抗战爆发，林徽因与梁思成，携带行李，照顾着老小，辗转南下，先是到长沙，然后又到了昆明、重庆。从长沙到昆明的逃难路上，他们要在凌晨一点，把自己塞到没有窗子、暖气的火车里。路上，她就生病了，发起了高烧，结果，车子还抛锚了，几乎冻僵的全家只好摸黑走山路。然而，就在这样拖着病体的颠沛流离中，生长于富贵，早年游历欧洲，少年不知愁滋味与恋人徜徉在宾夕法尼亚大学的林徽因，并没有多少沮丧与颓废。她甚至还有心情欣赏沿途壮丽的风景，还向太平洋彼岸的朋友描述她看到的山涧、红叶、白云、渡船、小镇。

战乱时期，颠沛流离，生命如微尘，唯有林徽因的乐观积极，成了梁思成的"定海神针"。她安享繁华，璀璨绽放，又平静地接受命运的磨难，她说："我认定了生活本身是矛盾的，我只要生活，体验到极端的愉快，灵质的、透明的、美丽的、近于神话理想的快活。"林徽因何其骄傲，何其倔强，又何其豁达，才能有这种蔑视苦难的豪气与勇气？

他们在困顿之际，经常通宵工作，完成了用英文撰写的不朽巨著《图像中国建筑史》。《图像中国建筑史》是中国独一无二的图像建筑史。但遗憾的是，因为这本书写于战乱之中，很多手稿都丢失了。好友费慰梅花了 20 多年的时间，才慢慢找回了珍贵的图稿，1984 年出版了英文版。20 世纪 80 年代末，梁从诫将其翻译为中文。

新中国成立后，林徽因以极大的热情投入了工作，她终于可以踏实安静地做她的建筑师。林徽因参与了组建清华大学的建筑系，并且受聘为教授，以羸弱带病的身体，在病榻上工作，参与了中华人民共和国国徽图案的设计任务，担任人民英雄纪念碑建筑委员会委员，承担为纪念碑碑座设计纹饰与花圈浮雕图案的任务，参加了中南海怀仁堂的内部装修设计，发表了许多对中国建筑影响深远的论文，与学生一起拯救景泰蓝。顺便提一句，跟随着林徽因的两位女学生，一位是常沙娜，后来担任北京艺术美术学院院长；另一位钱美华，成了新中国第一代景泰蓝设计专家、北京珐琅厂总设计师。这段时间，林徽因忙碌辛劳，却是她这一生里最丰盛、最满足的时光。

1953年5月，北京开始对古建筑进行大规模的拆除，他们一生志业所在，想留给后人的"活着的博物馆"，危在旦夕。被林徽因称为"世界的项链"，长达四十六公里长的明清城墙，那些留下了中国古典建筑之美与见证过历史变迁的古城砖，被用来铺路、修厕所、砌房子。林徽因与梁思成，以建筑学家的胸襟，放下了失去亲人的国仇家恨，保护了敌国的古都，却对自己国家古都的建筑无能为力。林徽因与梁思成为了保护古建筑，四处奔走呼吁、哀求，甚至声泪俱下，然而都无济于事。

林徽因要借古城墙，顺势而为，建造起前无古人，全世界独一无二的"城市花园"构想，最终只能让那张由她拖着病体，废寝忘食完成的草图来见证了。最遗憾的是，那张草图，后来也不知所终。有人说，是被梁思成流着泪付之一炬；也有人说，是被人拍卖了。而她悲怆的预言，犹在耳边："等你们有朝一日认识到了文物的价值，却只能悔之晚矣，造假古董罢。"

精神的打击，让她最终油尽灯枯，一病不起，而梁思成被批斗后，她忧愤交加，开始拒绝服药。1955年4月1日凌晨，已经几天没进食，陷入昏迷的林徽因突然清醒过来，要求见梁思成一面。那时候是凌晨两点，护士想到梁思成的身体也不好，拒绝了，让她明天再谈。

这是梁思成与她最大的遗憾——在第二天梁思成到医院时，她已经永远地闭上了眼睛，她想对梁思成说的话，他永远也没办法听到了。54岁的梁思成哭得不能自已，凄惶又伤感。他清楚

地知道，这是她最后的告别，她能陪他走过的路，永远地停在了
1955 年 4 月 1 日 6 点 20 分。

《人间四月天》是她写给爱子的诗。她在一个草长莺飞、春
风和煦的人间四月天离开了这个世界。她的一生，生于富贵，却
跌宕坎坷，女儿，长姐，妻子，大嫂，母亲，诗人，作家，学者，
建筑学家……每一种身份，她都努力做到最好，她始终没放弃对
自己的要求，对生命对生活充满了热情与乐观，哪怕是发着烧逃
难，她也要抬头看看天上的流云，秋天的红叶。

生活在那个精彩又动乱的时代，充满希望又彷徨无限的时代，
林徽因活得努力，成了民国一道独特的风景。她用自己的全部生
命为中国的知识分子做了最好的注解——她有才情，有风骨，有
眼界，有胸襟，更有一种深藏的浩然气概。

其实，告别的话，不说也罢，林徽因的心思，梁思成懂也好，
不懂也好，所有人生风雨，都一起承担了下来，彼此的命运早已
纠葛不清。他成全了她作为女人一生的幸福梦想，而她成全了他，
成为"中国建筑之父"，被中国永远地铭记。

还有什么可说？愿无岁月可回首，且以深情共余生。

杨步伟：

幸福是注定的事情

　　因为想了解那位有着惊世骇俗的语言天赋、清华四大导师之一的语言大师赵元任的八卦消息，看了他夫人杨步伟的传记《一个女人的自传》。然而，掩卷之际，哪还记得赵元任是谁，心里眼里完全只有一个活泼爽利、幽默洒脱、真实大气的杨步伟在心里鲜活起来。

　　当然，杨步伟的这本自传，算不得文采飞扬，作为语言学家的妻子，许多地方似乎语句不通，"可意会不可言传"，这点，连赵元任都遮遮掩掩地承认了，"爱怎么说就怎么写"，"什么样儿的人，什么样儿的文"，还不忘鼓励杨步伟"不怕人笑，还时髦了"。然而，也正是杨步伟用自己的写法，"想怎么说就怎么写"，反而让她的这本书，显得意外地生动简洁，趣妙横生。而在她笔下，那些已经离我们远去的民国名人那些不为人知的趣事往事，则更让我们看到了大师们宛如稚子的一面。

　　另外，杨步伟的人缘从这本传记里可见一斑。书是胡适在酒桌上撺掇她写的，她也自嘲"我还是来'传'它一下吧"接着给自己找台阶："若是人人都要等到做伟人才能写传，那这些传记就得失传了。"一本原本应该严肃的传记，就这样极不严肃地诞生了。

　　杨步伟就用了三四个月的时间，就写完了这本自传，出版时，中英文版本同时出，由赵元任作序。难道是语言大师不能看出书中偶尔"不通"之处？但无论是赵元任，还是其他人，都选择了保持杨步伟的写法与风格。由此可见，他们对于杨步伟的认同与尊重。而杨步伟所著的另一本书《杂记赵家》，赵元任幽默地说："我们家结论既然总是归我太太，那么绪论就归我了。"


## 退婚的底气

　　家庭环境对孩子的性格影响是深刻的，这点在杨步伟身上体现得尤为突出。用现代教育的观点来看，杨家其实对杨步伟的教育是相对宽容、平等的，杨步伟的祖父是中国佛教协会创始人杨仁山，他做过参赞，跟曾纪泽去过欧洲，接触过西方文化，因此思想开明。他禁止缠足，鼓励孙女读书，对孙女各种调皮玩闹，比如批判孔夫子浪费，捉弄先生，气得先生要罢教，等等，总是一笑置之。

　　因为宽松平等的家庭环境，让杨步伟小小年龄就清醒地认识到自己需要的是什么。一个人能清醒地认识到自己内心的需要，也就会有获取幸福的能力。

　　杨步伟还未出生时，就卷入了家族里女人间的战争。祖母出

于对自己女儿，也就是杨步伟姑姑的考虑，让还未出生的杨步伟
与姑姑的儿子指腹为婚。作为旧式妇女的姑母，自然是看不惯不
缠足、穿男装还骄纵跋扈的"小三少爷"。

　　而随着杨步伟渐渐长大，她更能预见自己与姑母难以相处融
洽。削足适履，从来不是她的风格，她想到了退婚。知道这个秘
密的人，只有祖父。祖父鼓励她写一封信退婚，杨步伟写了，并
且还让祖父过目。退婚信大概表达了两个意思：一是她首先反对
中国父母包办的婚姻，婚恋当自由。当然，第二点才是重点。她
告诉表弟，她跟姑母之间彼此气场不合，就算勉强结婚，也肯定
是纷争不断，一世不得安宁。为了避免将来表弟忤逆母亲，不如
现在就做个了断。

　　她把信给祖父看，祖父问她，你表弟人很好，仪表堂堂，读
书也上进，其实也是做夫婿的很好人选，你这样退婚，将来会后
悔吗？杨步伟干脆地回答："不！"祖父没再给出太多意见，示
意她按照自己的想法去做。

　　然后，杨步伟就把这封退婚信交给了表弟，让他转交姑母。
这下捅了马蜂窝，姑母不答应，养父很为难，生父更是扬言要处
死她。这时，她最坚实的后台祖父出面庇护了她。退婚事件在让
杨步伟获得"自由身"的同时，让生父很愤怒尴尬，于是，父女
之间 8 年不曾说过话。严格说来，是父亲不搭理女儿。由此可见，
杨父虽然顽固，却也重视诺言，一言九鼎，而杨步伟也遗传了这
种秉性。

　　这件事情充分说明，结婚有风险，退婚需底气，逃婚则更需
要准备好退路。试想一下，即使没有祖父的支持，按照杨步伟的

个性，她还是一定会选择退婚，但她会千方百计地为自己寻求帮助，比如对她娇生惯养的养父母，很可能被她说服成"同盟"。事实上，最后养父也"无奈"答应，不是妥协是什么？这种妥协，其实就是默许与变相支持。就算全家不答应，杨步伟要离家出走，她肯定也要攒够钱，安排好自己的退路后，再图逃跑。盲目而冲动，不计后果从来不是杨步伟的风格。萧红那样的逃婚，对于自己的人生无疑是悲剧的开始。

## 可做女军长

在杨步伟入学前，祖父给她起了一个非常诗意的名字：韵卿。之后，16岁的杨步伟前往南京，投考新办的旅宁女校。当时入学考试的题目是《女子读书之益》，杨步伟语不惊人死不休地写下了"女子者，国民之母也"，被人惊叹她对于男女平等的认识。虽然作文写了寥寥一百多字，但她还是被学校录取了，并分在乙班。杨步伟天资聪慧，又因为受家庭的影响，她算术、历史、地理都好，堪称全才，成绩优良，很快被调到甲班。杨步伟性格活泼率真，丝毫没有出身于望族女子的自傲与优越感，在同学中有极好的人缘。

旅宁女校改师范后，杨步伟转学到了上海中西女塾。这是一所教会学校，校长与老师轮流劝她入教，她不为所动。别人祷告时，她就干脆睡觉。后来，不胜其烦的她干脆从女塾退学。杨步伟不入教，是因为她有自己的选择。她喜欢的祖父是佛学大家，而金陵刻经处就是她的家，她从内心怎么去接纳其他的教义？

　　被誉为"近代中国佛学复兴之父"的祖父，对天下苍生都有一种悲悯，在动荡不安的年代，他希望孙女能悬壶济世，拯救痛苦中的人们。杨步伟听从了祖父的建议，计划着去日本学医。

　　而就在去日本前，恰好杨仁山的学生、安徽督军柏文蔚请她去做"女子崇实学校"的校长。他计划把女子北伐队的500多人收编成一个实业学校。杨步伟虽然被柏文蔚说动，但她的目标是留学学医，所以还是有犹豫。之后，双方折中，她暂时代理校长，时间以一年为限。柏文蔚很高兴，当即承诺将来替杨步伟申请安徽省的官费帮助她留学。

　　就这样，20岁的杨步伟开始了她的"杨校长"生涯，还领着一份优厚的薪水。杨步伟洁身自好，公正严明，敢做敢当，颇有决断力，很快赢得了学生的信任。她觉得学校的董事长，也就是柏文蔚的父亲应该恪守董事长的职责，不要管琐碎的事情，让其若没有接到邀请，千万别来学校。因为杨步伟把学校治理得井井有条，她的这种"夺权"行为，并没有招致柏父的反感，反而让她调教自己的小女儿。

　　身处乱世，学校也无法成为净土，由于军饷问题导致一些士兵哗变，要烧杀军长公馆泄愤。柏家家眷都躲到崇实女校里，杨步伟坐镇指挥，沉着应对，不仅保护了柏家上下，还生擒了为首的28人，成功地平息了一次未遂的叛乱。经此一役，众人更对她刮目相看，柏文蔚称赞杨步伟可以做女军长。

　　其实，柏文蔚请杨步伟来做女校长，未必没有近水楼台的意思，然而，杨步伟清醒地意识到柏文蔚并不是适合自己的人。他尊重守礼，她则坦坦荡荡，虽然没有成就一段佳话，但却成全了半个世纪的友情。

一年的期限转瞬即逝，在各方的挽留下，杨步伟又做了半年女校长，才东渡日本去完成祖父的意愿。

### 红娘变新娘

命运总会在人最意想不到的时候，给予毫无警示的灭顶之灾。

1919 年杨步伟从日本留学归来时，却接到父亲暴病的噩耗，而他当时带去打算买房的 1 万银圆也不知所终。杨步伟后来虽然一直怀疑父亲死于谋财害命，但摆在她面前更迫切的问题是她必须养活全家。

她学医归来，自然只能做医生。于是，在父亲旧友、民国总统黎元洪的支持下，她与同学李贯中一起在北京创办了主攻产科与小儿科的"森仁医院"。她们是北京第一次由大家闺秀出来做医生，因此医院门庭若市，客人比病人多。随着"森仁医院"名气打响，杨步伟计划拓展医院业务时，赵元任出现了。原本，杨步伟是想把李贯中介绍给赵元任，然后另外找合伙人把医院经营下去。哪知道，赵先生钟情的却是这个糊涂懵懂的"红娘"，杨步伟没做成红娘，却让自己成了新娘。

结婚不久，赵元任便去了美国哈佛大学任教，而此时杨步伟怀孕了。因此，她考医师的计划只能搁置了下来。但谁都没想到，这一搁置，就是一生。"森仁医院"里 6 年院长与科室主任的经历，接生过几百个婴儿，就是她全部的职业医生生涯。她选择了家庭，选择了成就赵元任的事业。

在爱情中，我总觉得不能谈及"牺牲"一词，将付出作为"牺牲"，很可能日后会后悔，后悔则会生怨，生怨则容易情变。而"成全"是一个比"牺牲"更好的词，成全意味着甘心情愿，也意味着自己的付出对方懂得。作为中国第一位留美医学女博士的杨步伟，为了照顾先生赵元任，而毅然放弃了自己的医学事业。也许，对于中国的医学界来说，是一个损失，有人认为，对于杨步伟何尝不是？

与许多做男人身后背景的女人不同，即使杨步伟为人妻为人母，放弃了她的医学，但这丝毫无损于她人生的精彩。

但细看杨步伟后来的行为、文字，这样做，她的内心是平静而坦然的，你可以说她有点小女人，但在她看来，这位可以做她身边"活辞典"的赵先生，值得她这样做，她愿意。也许，在杨步伟看来，个人终身的荣辱成就，甚至不比给爱人端上精心烹制的羹汤来得更重要。

## 生命在于折腾

"生命在于折腾"这句话在杨步伟身上淋漓尽致地体现出来。美国短暂任教后，他们游历了欧洲。在游历期间，由于文化不同，赵元任需要费心解释的事情，轮到他太太，连比带画，干净利落地搞定，经常让语言大师瞠目结舌。

　　1925 年，赵元任担任清华大学的教授。作为教授太太的杨步伟自然没闲着。她与胡适、蒋梦麟商议，募款开了一家诊所，为穷人做计划生育的工作。之后，因为诊所掩护收容受伤的示威学生，被迫关掉。

　　在此期间，由于一些人讥笑杨步伟自己不能生孩子，才不让别人生孩子，让她很生气。一怒之下，她就做了一个决定：生个孩子证明自己。于是，忙里偷闲，她又生了一个女儿。

　　诊所关闭了，她又跟几位心灵手巧的太太一起共同组织了一个"三太公司"，出售手工作品。吸引了不少附近的女孩子来学习制作各种手工。杨步伟拿出了从国外带回来的样本，有桌布、床单、手巾，这些带着欧洲风情的物品，很受欢迎，连北京的"东升祥"还向她借样品仿制。

　　有这样一个"三太公司"的民间组织，她该满足了吧？然而，她并不满足。因为清华师生进城要坐人力车，极不方便，杨步伟就与几位教授夫人商量要筹股自己办公共汽车。后来，他们的"项目"得到了清华园大陵银行经理的支持，由银行接过去办，从此由清华进城开始有了公共汽车。

　　清华志成小学是清华大学直办的子弟学校，要对其改革，杨步伟被推举为代表，协助曹校长。在教授夫人们的努力下，清华批准了每个月格外提供志成小学一笔经费。

　　后来，看到清华师生伙食实在太差，杨步伟又开始折腾食堂。她向清华要了学校门外的几间小屋，整修打扫后，请来五芳斋的几位厨师。学生们闻香而动，要求搭伙，人气自然越来越旺，连城里的人也来定酒席。生意红火，可是没赚到钱，本钱吃光后，杨步伟交给了厨师们经营,她自己则写了一副对联:"生意茂盛,本钱干净。"

在清华园待了 4 年后,他们又去了美国,之后再回到南京,准备安定下来,按照赵元任的想法,盖了有好几间书房的大房子。可惜,抗战的爆发,结束他们这段短暂而美好的光阴。

### 女人的身体,男人的风骨

作为一个女子,她有着男人的风骨。抗日战争开始,南京陷入一片混乱,而赵元任还卧病在床。研究所考虑到赵元任的身体状况,特意让他离开南京到昆明,但船票很紧,杨步伟毅然让大女儿跟赵元任先走,自己则带着三个小女儿留在南京,找到船票再离开。

虽然后来全家也终于在昆明团圆,但在来的路上,却几经周折,有人欺负她一个女人带着三个孩子,船票被骗,差点就成了南京城里的亡魂。

在她的自传里,也对赵元任在抗日战争爆发时赴美做了解释。当时,他们都已举家到昆明,但某些掌权派却使赵元任的语言组陷入了困境,赵元任陷入了他人生里最低迷的一段日子,终日不说话,却不停地抽烟。以杨步伟的聪明,很容易明白是有人在故意刁难。于是,当美国夏威夷大学发来邀请函时,她与赵元任商量后,决定去美国。于是,在杨步伟的活动与斡旋之下,赵元任顺利地抵达了美国。

　　如果以为赵元任到达了美国之后，就生活在资本主义的天堂之中，那就错了。刚去的一年，国民政府承诺的补贴迟迟未到，夏威夷大学的薪水又太微薄。杨步伟知道这笔钱是没希望了，就开始了积极的"自救"行动，用仅剩的钱买了一台二手缝纫机，熬夜赶制出手提包，然后趁着妇女聚会时出售。他们的房东也是哈佛教授的夫人，两人经常一起去捡蔬菜批发商倒在路边的菜叶水果。为应急，杨步伟还出售了自己的皮货。她做这些事情，没有觉得丢脸，还特别豁达地说了"大白话"："不管是哪一国，嫁了一个教授，都是吃不饱饿不死的。"

　　这固然是她的勇敢，其实也是她的清醒。世间最痛苦的事情就是求而不得，原本已经知晓不可能得到，却在内心里纠缠不堪，不想承认结果，不愿面对现实。杨步伟内心的强大就在于，她永远清醒地知道自己需要的是什么，什么样的人需要放弃，什么样的人值得挚爱，她善于选择，又忠于自己的选择，纵然放弃自己的事业，也只有遗憾，而无悔恨。

　　五十年金婚纪念时，杨步伟写了一首诗："吵吵争争五十年，人人反说好姻缘。元任欠我今生业，颠倒阴阳再团圆。"在诗里，她第一次明确地表示赵元任欠她今生的事业，要下辈子乾坤颠倒，她做男人，他做她背后的女子。这首诗是她对于赵元任相伴50年的回望，也是她唯一的一次表达自己的遗憾：为丈夫放弃了自己的事业。这遗憾，与其说是杨步伟的遗憾，不如说是未能成为祖父期望的救济世人的医生的遗憾。

　　这从她劝欲学医的女儿就可以看出来。她说："你跟我年轻时候一样，这么漂亮，肯定是要结婚的。学医的话，还是留给丑一点的女孩好了。"

有一种人，天生就善于收集生命中那些隐若闪烁的熹微的光芒，然后把它们一一积攒起来，当时或许是偶尔为之，却在日后成了生命的温暖与光明。

杨步伟的人生之所以精彩，还在于她永远能找到自己生活的寄托，在美国做全职主妇时，她自然要埋首于庖厨，却又有足够的闲暇时间，她想到了写作。按照她简单直接的个性，肯定是挑好写、自己又能胜任的东西写，写什么？她擅长做菜，那就写食谱吧。这本被广泛翻译为《中华食谱》的书就诞生了。

说是食谱，其实更是一本关于中华饮食文化的大全，虽然不厚，却生动有趣、深入浅出地介绍了中国的食物与各地的饮食风俗。杨步伟是学医出身，怎么会想到要写一本关于饮食的书？这还是跟赵元任有关。初为新妇时，杨步伟也是不会做饭的。她不像许广平那样擅长厨艺，请客的时候，轻松搞定七八个菜，荤素搭配得宜，宾主尽欢。

然而，这难不倒杨步伟。不会就学！她开始流连于饭馆饭店间，不仅自己品尝，还经常亲自到后厨观摩，虚心请教。遇到有些厨师不愿意传授诀窍，她就自己品尝、揣摩，然后回家试验。最后，她将菜谱制成卡片，详细地记录用料、做法、口味、特点等。之后，她又利用陪同赵元任到中国各地做田野调查的机会，收集中国各地的菜谱，使这本菜谱超越了地域的限制，收入了中国各地的饮食文化。

《中华食谱》所涉猎的饮食文化与知识，可以与清朝袁枚的《随园食单》相媲美。它被翻译成20多国的文字，再版27次，流传范围非常广泛。在 20 世纪 50 年代，这本书在欧美非常受欢迎，是许多中餐厅老板、厨师、家庭主妇的厨房必备书。

由此可见，"性格决定命运"未必没有道理。所以，在一大群光彩夺目的民国女子中，如林徽因、张爱玲、萧红、苏青……杨步伟一生是民国名女人中少有的圆满，人生如此，爱情与家庭亦如是。并非她的人生没有苦难，而是她性格中的乐观与大气，清醒与纯粹，让她活得这样热烈而肆意，并可陪爱人安然到老。

你以为幸福是命运的偶然？不，幸福是清醒的付出，是永远不失真我的性情，是淡然面对苦难的信念。所以，对于杨步伟来说，幸福就是注定的事情。

毛彦文：

轻歌舞锦绣，一世慕安然

郎山巍峨，葱茏中氤氲着沧桑；
须水清清，潋滟里萦绕着悲情。

那一年，那一天，他对她说："郎山须水，亘古不变。"然
而岁月荏苒，留下的却只不过是一句"人生若只如初见"的惋叹。

她是爱他的，一直都爱着。青梅竹马，两小无猜，汤汤须水
曾经是他们爱情的最完美见证。然而，她的一腔痴情，换来的却
不过是辜负。

**痴情总被无情负**

当时，江山县只是江浙一个偏远的小县城，而他则是江山第
一个考取清华学堂的才子。

他年少英俊、玉树临风、博学多才、谈吐儒雅，无论在哪个
少女的眼中，都是一首清隽的诗，值得细细地品读；毛彦文也不

例外，更何况，他原便是她的"五哥"，是她自幼年起便一直孺慕的人物。

少女情怀总是诗。

1918年，19岁的她，对爱情正抱着无限的憧憬和幻想。而他，又出现得那样恰如其分，于是，一切水到渠成，他们恋了、爱了。

在江山，毛家也算是大户人家，虽然比不得世代簪缨的宦家权贵，但彦文的父亲毛华东经营着一家酱园，在生意场上也如鱼得水，毛家的家境相当殷实；彦文的母亲朱环佩虽然不知书，但性情温婉，通情达理，于是，像许多名门闺秀一样，毛彦文自幼便定了一门亲。男方是徽商方耀堂的长子方国栋。

毛华东与方耀堂是挚友，毛家与方家也门当户对，这门婚事，也一度在坊间传为佳话。

若彦文只是一个养在深闺，崇尚三纲五常，以女子无才便是德为人生标准的旧时代闺秀，或许，她会欣然应允这门亲事。然而，她不是。

毛彦文自幼聪颖，敏而好学，7岁启蒙，15岁通过保送入读杭州女子师范，18岁考入浙江吴兴湖郡女校，接受过正统的新式教育，是一名崇尚自由与解放的新女性。对包办婚姻，她本就有着满腹的不满，一身市侩商人气息的方国栋与倜傥多才、气质清贵的表哥朱君毅更相差云泥。于是，对与方家的婚约，彦文的内心便更加抵触。

偏巧，在她入读湖郡女校之后，方家担心她外出求学，便一去不归，就提出提前完婚。对此，毛华东表示赞成。毛彦文对父亲失望之余，也对这门亲事做出了最激烈的反抗，在方家迎亲的唢呐声中，她逃了！

帮助她逃婚的那个人，正是表哥朱君毅。

现实不是戏剧，江山也不是理想国，那个时候，女子逃婚是"伤风败俗"的，江山县这么多年从来都没有出过这样的事情，毛彦文的出逃，瞬间震惊江山，毛家和方家颜面尽失。

然而，虽然对女儿的荒唐感到异常气愤，但为人父母，终究是疼爱子女的。很快，毛父毛母就原谅了她。知晓了一对小儿女心意的朱毛两家，也正式为他们定了亲。

得知自己已经是表哥名义上的妻，彦文的心中甜蜜异常，却又忐忑异常。

她害怕表哥是因为流言蜚语而不得不上门提亲，她对近亲结婚也表示忧虑，朱君毅便安慰她，说人言不足畏，并对她许下了"郎山须水，亘古不变"的誓言。

看着表哥深情的眸，听着他铮铮的誓言，毛彦文痴了。

随后的六年，她痴痴地等待着留学美国的表哥回来娶她，她将自己做教员的工资大部分都寄给了他，她每两个星期都会给他写一封信，那个时候，她的心中充满的全部是对幸福的向往和对未来的期待。

但6年后，她等来的却是朱君毅的一纸退婚书，退婚的理由是近亲不能结婚。

握着那张薄薄的纸，毛彦文没有哭，她呆呆地站在那里，静静地听着自己的心若玻璃般破碎的声音，然后，转身离去。

虽然后来朱君毅迫于校方、舆论和亲友的压力，当众焚毁了退婚书，但两人之间，终究已成陌路。

看透了他骨子里的凉薄与寡情，她不愿再与他继续。

1924 年，前国务总理熊希龄的发妻朱其慧广邀教育界、学术界名流，为毛彦文和朱君毅正式解除了婚约。


### 轻歌舞锦绣，笑语嫁良人

曾想过与他欢舞轻歌、花前月下；曾想过与他和风细雨、琴瑟相和，但当往事如烟，当柔情不在，面对辜负，毛彦文选择了用笑语倾城。

毕竟，她原便是一个自尊、自立、自强的奇女子。

1929 年，毛彦文申请公费留学，赴美深造，学成归国后，任教于复旦大学。

这些年，她的身边并不乏倾慕者与追求者，但她均一一婉拒。

她曾经那样义无反顾，那样决绝激烈，那样倾尽身心地去经营一份爱情，换来的不过是辜负，她不想再痴，不想再傻，也不想再受伤，因为，已经被伤得支离破碎。

但，有的时候，命运的巨轮总是在不经意间朝着不可预知的方向缓缓转动，她已经完完全全浸润在一片浅灰中的生命织锦上突然就绽开了两抹最浓烈的亮色——熊希龄和吴宓。

吴宓是朱君毅的大学同学，两人同窗六年，私交甚笃，在美国的时候，朱君毅经常把自己同彦文的情书拿给吴宓看，透过点点滴滴的文字，吴宓的心中便隐隐约约地勾勒出了彦文的形象。

在吴宓想来，彦文就是希腊神话中完美无瑕的海伦，知性、诗意、纯粹、清美、独立。而现实中的毛彦文，也的确用自己的优秀印证了吴宓的种种幻想，于是，他无法自拔地爱上了她，对她展开了近乎狂热的追求。甚至，为了她，他和妻子陈心一离了婚。

面对如此的吴宓，毛彦文也曾经有过那么一丝丝的心动，她也不是没有想过要和他缔结良缘，但随着日常交往，她却渐渐发现，吴宓并不是她能共度一生的人。

吴宓是多才的，但他爱的与其说是她，倒不如说是他自己理想中的海伦。而且，毛彦文是大家闺秀，教养很好，做事稳重而低调，任何事情在没有确定之前都不愿意去张扬，即便对吴宓略有情愫，在两人没有结婚之前，也不会公开地表示什么，但吴宓却不同。他是热烈的、张扬的，他肆无忌惮地向全天下宣布着他的爱，甚至在大学课堂上公开朗诵自己的情诗：吴宓苦追毛彦文、五海三洲共惊闻。

每次，在和毛彦文通信的时候，他还会炫耀般地提起朱君毅，提起他在朱君毅那里看到的情信上的内容。这些都让彦文感到反感，甚至厌恶。

再者，吴宓与朱君毅是至交，陈心一与毛彦文更是闺密，吴宓更是有妇之夫，无论从什么角度来看，他们都是不合适的，即使，毛彦文也曾感动于他的热烈。

但在彦文看来，吴宓，就是个活在理想国中的旧式文人，行事不稳重，并不值得托付。

我的良人在哪里？午夜梦回，独对纱窗时，她也曾想过，可她却不曾料到，她期待已久的那个人会以一种近乎蛮横的方式敲开她的心扉。

1934年秋，一个飘雨的黄昏，熊希龄委托内侄女朱曦代他向毛彦文求婚。

那一刻，饶是再怎么处变不惊，毛彦文还是蒙了。

熊希龄是北洋政府前国务总理兼财务总长，湖南凤凰人，温和敦厚又威严沉静，一直以来，他都是彦文敬重的长辈。

彦文与朱曦是湖郡女校的同班同学，和熊希龄的女儿熊芷还是大学同学，熊希龄的夫人朱其慧更曾帮助毛彦文与朱君毅解除过婚约。因着这层层关系，彦文与熊家一直过从甚密，但却从没想过，自己和熊希龄之间会发生些什么，即使朱其慧已经去世。

毛彦文的拒绝，似乎在熊希龄的意料之中，毕竟，双方的年龄差距太大。

但是，他没有放弃。除了请来诸多亲友从旁"摇鼓助阵"之外，他还亲自跑来金陵，每天都给她写信、写诗，想尽办法博她欢心。

渐渐地，他的博学，他的才干，他的幽默，他的稳重，他的柔情开始慢慢融化毛彦文心中的坚冰。

她觉得，他就是自己的良人。

那种感觉，说不清，道不明，却又萦绕心中，总是挥之不去。于是，在一种矛盾却又甜蜜的思绪中，1935年，她和他结婚了。

结婚的那一天，她在想，嫁一个年长自己这么多的男子，她总不会再被辜负吧。

那时，她的心总还是酸酸的，总还有些不甘愿，但婚后，她的心澄净了。

她知道，他就是自己要找的那个人。

谈到他们的婚姻，许多人都揣度她是为了他的钱，为了她的财，但他们结婚的时候，他早已经卸任国务总理多年，他的财产，要么已经分给子女，要么已经捐出去做了慈善，可以说，那个时候的他，其实是清贫的。

但，她不在意。只要，他对她好，她对他不曾辜负，也就够了。

婚后，毛彦文与熊希龄生活很美满。在他们的寓所，一直悬挂着他们心心相印的赞歌：紫府高闻诗博士，青山隐逸女尚书。

结婚一月，他画了一幅"莲湖双鹭图"送她，并题诗寄情，希望能与她"一生花下，朝朝暮暮相守"，那时候，她由衷地觉得，自己是幸福的。

只可惜，这波波折折，来之不易的幸福，却仿佛那倒映在水中的弯月，潋滟着晨辉，却温柔而易碎。

1937 年，熊希龄因突发心脏病在香港辞世。

**奇才惊艳，绚烂应如诗歌**

1935 年，当她挽着他的手臂，一起走过上海西藏路慕耳堂的红毯时，她是希望能够和他白首的，但他却在她最幸福的时候，撒手人寰。

与初恋时的懵懂缠绵不同，她对他是抱着一生长情的希冀的。

他走了，她的爱情也随着他的棺椁一起下葬，从此，她只专情于他未竟的事业。

她是一个相当有主见，又相当果断的女子。

1913 年，她 15 岁，江山县天足基金会成立，对女子裹足的陋习提出深刻批判。

毛彦文第一个响应了这一批判，并第一个上台演讲，还捐出了一块大洋。

1919 年，五四运动爆发，毛彦文与其他五名同学一起，积极且态度强硬地与湖郡女校的领导层斡旋，最后，争取了上街游行、声援五四学生的权利。

同年，她主持编辑《吴兴妇女周刊》，不遗余力地宣传男女平等，提倡女性解放。

可以说，在毛彦文的世界中，爱情的确很重要，但，爱情从来都不是她生命的全部。

她是一个独立自尊的新女性，她相信，女性也能成就一番事业，她更相信，女性能顶半边天。而她自己，也的确做到了。

熊希龄去世后，毛彦文继任香山慈幼院院长，常年奔走在重庆、香港、上海、桂林、柳州、芷江等地，出生入死，不畏烽火，积极拓展慈善事业。

为了筹集慈善款项，她调动一切可以调动的资源，四处奔走，沿门托钵，甚至典当了熊希龄留给她"养老"的财物。

她是一个很纯粹，也很执拗的人。对爱情如此，对事业也如此，既然要做，她就想尽自己的努力做到最好。

"吾当尽吾力之所及，重整慈院，藉继君造福孤寡之遗志，亦以报相知于天上也。"她曾不止一次对着熊希龄的遗像这样表示。

只是，有的时候，即便是人心踌躇、心比天高，岁月的惊涛拍岸，也卷不起千堆的白雪。

1947 年之后，国内局势日益动荡，虽然当选了国大代表，但毛彦文的处境却依旧举步维艰。

1949 年，迫于无奈，她离开上海，只身赴台，随后赴美。

1961 年，回到台湾，重执教鞭。1976 年退休，颐养天年。

1987 年，她的自传体回忆录《往事》刊印，在书中，她这样总结自己："碌碌终生，一无所成，少年抱负，无一实现。"或许，她的确是这样想的，但谁又能说她的一生真的碌碌。

年少时，炽热而激烈的她；盛年时，温雅而多情的她；中年时，稳重而理性的她；晚年时，慈和而淡泊的她。每一个，都是传奇。

1999 年，当她在呦呦鹿鸣声中，带着繁华阅尽之后的淡然溢然长逝的时候，历史的书卷就已经为她展开，并添上了最浓墨重彩的一笔。

民初，名媛淑慧无数，比她倾城绝艳者不乏其人，比她才情出众者比比皆是，比她事业有成者更多不胜数，但须水郎山，轻歌曼舞，真正绚烂如诗的却只有她一个。

记忆的烟尘总是在岁月的流年中不断地斑斓，扑面而来的飞絮中隽永的也不过是一句"人生若只如初见"。

帘外雨潺潺，春意阑珊，绿肥红瘦惊了那芭蕉扇，透过月色，仰望江山，寥落的风中，红叶独舞，那个拈花微笑的女子唇边荡漾的永远都是一世倾慕的安然。

朱君毅也好，吴宓也好，熊希龄也罢，不过都是她生命画卷中浓淡不一的风景，看过了，会流连，却终究，不会流连忘返。

清风溪月，雪影照花，毛彦文女士，从来都是一个真正的传奇，毋庸置疑。

## 张充和：

## 最后的名门闺秀

民国时代，是一个群星闪耀的时代，更是一个盛产才女的时代，才女多到什么程度呢？基本可以用批量生产来形容。更有甚者，一门数才女，个个名扬四海，比如苏州城内九如巷张家四姐妹。

提到这四姐妹，就连阅人无数的著名教育家叶圣陶都对她们赞不绝口，叶老曾不无艳羡地感慨道："九如巷张家的四个才女，谁娶了她们都会幸福一辈子。"足见，张家四姐妹在当时的声名之显赫。

在近代中国，张家四姐妹的声名仅次于"宋氏三姐妹"。而这四姐妹就是张元和、张允和、张兆和、张充和。

大姐张元和酷爱文学，与昆曲名家顾传玠结为连理；

二姐张允和则嫁与著名语言学家周有光先生；

三姐张兆和与作家沈从文的师生恋更是为人所乐道，连北大校长胡适都出面做媒，促成一段佳话；

最小的妹妹充和，则嫁给了大名鼎鼎的汉学家傅汉思。

## 最后的闺秀

相信对于 20 世纪初的青年人来说，面对"大时代"的洪流，多数人最理想的职业选择不是参政便是从军。云谲波诡的时代，投笔从戎是很多年轻人献身精神的体现，更是进步的体现。然而出身贵胄的名门望族张家却依然对诗书情有独钟。

四姐妹的父亲张武龄，一直醉心于文化生活，虽然与蔡元培、胡适这样的时代翘楚私交很好，但是他和女儿们却并没有被时代洪流挟持而去。尽管他也热心公共事业，办了乐益女中，但是他更享受的恐怕还是女儿们一起研习昆曲的乐趣。这样的父亲，才会培养出"最后的闺秀"。这从他选女婿上也可以看得出来，他见证了前三个女儿的爱情，全部尊重女儿的个人意见，而她们无一例外地爱上了知名学者或艺术家。而四姐妹秀外慧中，又独以充和为最。

与三个姐姐所不同的是，张充和在很小的时候便被过继给二房的奶奶当孙女。而收养幼年充和的养祖母竟是晚清重臣李鸿章的亲侄女。在养祖母位于合肥老家的大院中，张充和度过了一个快乐的童年。

养祖母出身世家望族，自然有一套培养才女的方法，她喜欢聪明，一点就透的充和，亲自为她启蒙，传授大家闺秀的风范。此外，养祖母又花重金为其延聘名师，张家一时名流聚集：吴昌硕的高足，考古学家朱谟钦亲任幼年充和的塾师，悉心栽培她。就连教她作诗填词的老师最低学历也得是举人。

跟所有的天分高的儿童一样，张充和天资聪颖又有名师点拨，自然根基深厚，学问日进。4岁会背诗，6岁识字，能诵《三字经》《千字文》。虽然是女孩，但张充和的学习强度一点不比男孩差，除非有重大节日，每上10天，才能得到半天的休息日。张充和如是10年，闭门苦读《史记》《汉书》《左传》《诗经》等经典教材。朱先生教学得法，自选教材，还适时地讲解同音字、同义词、语法等内容。平时只要充和阅读古籍时圈点句读，不讲解，只答疑。朱先生认为，"书读百遍，其意自见；点断句读，其义自明"。充和晚年一直很感激这两位恩师为她奠定了国学的功底。

受佛教徒养祖母的影响，充和幼时极富同情心。她16岁时，曾为家中的一位病逝保姆写过一首悼亡诗：

> 趁着黄昏，我悄悄地行，行到那薄暮的苍冥。
> 一弓月，一粒星，似乎是她的离魂。
> 她太乖巧，她太聪明，她照透我的心灵。
>
> 趁着黄昏，我悄悄地行，行到那衰草的孤坟。
> 一炷香，一杯水，晚风前长跪招魂。
> 唤到她活，唤到她醒，唤到她一声声回应。

读罢此诗，少年充和那份大家闺秀的才情、赤子之心、眷恋之情跃然纸上。

单纯的时光易逝，养育她、疼爱她的养祖母最终还是走了，充和也回归到了自己亲生父母的大家庭中。重新回到大家庭中，充和并没有太多的不适应，四姐妹和兄弟围绕在父亲的身旁，共

同到父亲创办的乐益女中上学，还在自家办起了文学社，并取名
水社。父亲是位昆曲迷，常请曲家到家中教女儿们拍曲，四姐妹
成立了幔亭曲社。充和也渐渐爱上并痴迷起昆曲来，还常与大姐
元和在《惊梦》中唱对手戏。因此，可以说，张充和是为数不多
的吸收了两大家族的门风和传承的女子。而她深厚的文化积累和
底蕴，也为她日后一鸣惊人做好了铺垫。

## 破格录取

少女张充和命运的转折发生在 1933 年。那一年张充和刚在
上海参加完二姐允和的婚礼后，又搭车北上参加三姐兆和的婚礼。
而这次进京，竟然促使张充和萌生了考取北大的想法。

张充和从小就听闻北京大学的大名，因此，她在三姐家居住
时，常常到北大旁听。考期是次年的夏天，她从当年的九月份就
开始备考了。当时北大入学考试要考国文、史地、数学和英文。
可从小受中国传统文化教育的充和，一见到数学就头大。她觉得
自己天生对数学没兴趣，其实她在 16 岁前根本就不知道什么叫
几何、代数。虽然有姐姐、弟弟及周围的同学帮忙补课，可补习
的结果却是七窍通了六窍——还是一窍不通。

充和干脆放弃，把复习的精力全用在其他三科上。第二年临
考的那天，面对家人为她准备的圆规、三角尺等作图工具，她只
说了两个字"没用"——因为她连题目都看不懂。分数自然可想
而知，鸭蛋一枚。不过，充和的国文基础过硬，得了满分，其中

的"点句"更是得心应手，没有错误。而那篇虚构胡诌的考场作文《我的中学生活》更是写得文采飞扬，受到阅卷老师的激赏。

要知道当年北大的入学考试竞争也是异常激烈的，录取名额更是少之又少，按照规定，凡有一科零分者则不予录取。然而校长胡适爱才心切，希望能录取这名文科天才，于是，他以校长的身份向阅卷的数学老师施压，希望能通融一下，给这名学生几分"辛苦分"。可那阅卷老师竟然是个牛脾气，对着校长据理力争，复判后，还是给了零分。

胡适气得没法，只好再次动用校长的终极特权——破格录取。当年北京的报刊大肆宣扬此事，纷纷以"数学零分录取"为题，赚足了眼球。而当年北大中文系只招录了两名女生。

据说，当年充和还给自己留了一手，化名"张璇"参加考试，连中学文凭都是假的。这样一来，既不会因落榜而丢了张家人的脸面，又不会让北大方面知道自己的真实身份，而联想到沈从文。因为当时的沈从文已是知名作家，充和不想沾姐夫的光，却要避家人之嫌。

入校后，校长胡适在一次公开的场合上遇到了张充和，喊着"张璇"说，你的数学不好，可得好好补一补。张充和嘴上笑笑，心里却想着："哪里是不好，根本是太不好了。"想到这，张充和急忙跑到教务处去请教补习数学的方法，没想到在那遇到了更加坦诚的老师，直接告诉她，都录进来了，还补什么，胡先生是在和你打官腔呢！

纯真的学生，耿直的教授，宽容幽默的大师。所谓大学者，非谓有大楼之谓也，有大师之谓也！

　　说来有趣，到抗战时期，张充和随众学者迁到昆明，在一次曲会上遇到了北大的数学助教许宝騄。许宝騄很坦诚地向充和道出了一个秘密：张充和入学时的零分试卷，正是拜他所赐。张充和笑称这是"不打自招"。然而，此后二人依然继续往来拍曲聚会，并成为好朋友。

　　在北大求学期间，虽然名师云集，但充和并没有觉得自己学到多少东西，因为她的启蒙教育实在太深厚了。在北大，充和学到的更多是新式的生活方式和思想。她将大量的时间投入昆曲的欣赏和学习中。

　　北大的生活虽然快乐，然而张充和并没有顺利毕业，大三那年一场不期而至的肺病，让充和不得不休学回苏州。对于别人来说，离开了北大的光环，回家养病必然是一番苦痛的挣扎。然而，对于充和来说，她却有了更多的时间温习昆曲，她甚至觉得唯有昆曲才能"治疗"她的病痛。然而，充和的北大际遇并未完全结束，因为天真快乐的充和早已引起了一位诗人的注意，而其后充和再次回归北大，则与她挚爱的昆曲艺术不无关系。

　　　你站在桥上看风景，

　　　看风景的人在楼上看你；

　　　明月装饰了你的窗子，

　　　你装饰了别人的梦。


　　　　——卞之琳《断章》

对现代白话诗稍微有些了解的人，大凡都读过卞之琳的这一名篇。这几乎与诗人名字联系在一起的名篇，在中国现代诗歌史上的分量，便如同《再别康桥》之于徐志摩一样。

多数的传言将诗人笔下的"你"联系为张家四小姐充和。更难得的是，卞之琳对张充和的爱恋一直延续了几十年。所谓"卞张罗曼史"，虽然不若现代文坛掌故里那几段著名的罗曼史那么有名——比如，徐志摩与陆小曼之恋，郁达夫与王映霞之恋，张爱玲与胡兰成之恋，徐悲鸿与蒋碧微之恋，等等；但是，在文学圈子和广大读者中，"卞张之恋"，也早已蜚声遐迩，传扬久远了。

抗战爆发后，张充和曾随家人在重庆工作和生活。当时的充和正是才貌双全的年纪，又待字闺中，自然追随者众。而这其中，最为痴心的当属诗人卞之琳。

据说张充和待人热情，真诚，竟使得卞之琳对其一见钟情。此后，充和的开朗和热情更引起了多情敏感的卞之琳的误读，以为充和中意于他，竟陷入了苦恋的深渊。诗人追求女神的方式的特别之处在于写信，并且是不间断地写，拼命地写，不过信上从没有一句表白的话，全都是啰唆的家长里短。诗人"呼者虽强烈，回应者却渺渺"。充和对于那上百封信的态度只有一个——看过就丢了，从未回过信。

据说，当年四川大学的几位热心教授，眼见卞之琳苦恋张充和，便多次主动设宴邀请充和，给诗人牵线搭桥。奈何诗人有情，佳人无意。充和知道卞之琳是好人，但她认为诗人不够深沉，并不符合自己的择偶标准，故对其总是冷淡、疏远。

到后来，宴席频繁，充和终于受不了了，竟一气之下离家出走了。而家人多方寻找后，才从报纸上得知了充和独自上了青城山。原来，充和到了青城山后，在为上青宫道院题写诗作时，正巧被一位来此游山的大名人看到了。充和书法名声在外，名人自然不肯放过这个机会，便强烈请求充和为他写字。可充和并不是附庸风雅之辈，自然不予理睬。偏偏"名人"的随从中有好事之徒，竟将此事作为"要人行踪"爆料给当时的媒体。家人是看到报上的新闻才知晓了四妹的行踪。

随后，家人立即派充和四弟宇和前往青城山寻找已出走10天的四姐。有趣的是，宇和乘车时，正巧遇到戴着草帽乘人力车的四姐。擦肩而过后，宇和立即跳车去追。可充和见有人来追他，还以为是"诗人帮"或是"名人帮"的人，竟然请求人力车蹬得再快些。宇和实在跑不动了，只好托骑自行车的人带口信给四姐，说是弟弟在追她。充和得知是自家人，这才停下来。

后来，曾有人采访张充和，提及此事，充和称：卞之琳只是单恋，甚至从未表白过，所以她完全没有机会拒绝他，只能以不回应来回应。"人家未曾说'请客'，我怎能说'不来'。"充和心里明白，卞之琳与自己的性格迥异，"是另一种人，很收敛，又很敏感，不能惹，一惹就认真得不得了，我们从来没有单独出去过，连看戏都没有一起看过"。

说起年轻的充和的罗曼史，还有一段较为有趣。当时充和有位朋友叫方云，她有个哥哥是研究甲骨文和金文方面的专家。这位方先生不知怎么就看上充和了。充和在北大求学时，方先生就常常找借口拜访她，不是吃饭就是聊天，就是绝口不提自己的真实目的。每次方先生来拜访，都要带本书，请他坐也不坐，喝茶也不要，只是站在充和的书房里读书，然后告辞……几乎一句话都不说。充和没办法，只好独自在一旁练书法来陪伴。充和笑称这位方先生是个书呆子。对于这段未曾表白的爱情，那位方先生曾在充和离开北平后，给沈从文先生的信中叹息"凤去台空"。

### 愿为波底蝶，随意到天涯

到 1947 年，张充和已经是位大龄女青年了。那时候的充和，早已重回北大，成了一名教员，而她所教授的科目正是她痴迷已久的昆曲。当时，她借住在三姐家。由此认识了后来成为她丈夫的北大西语系外教傅汉思。傅先生是犹太人，精通德、法、英、意文学，在加州大学获得博士学位后，到中国学习中文，从事中国历史、文学的研究和教学，成了名副其实的汉学家。

那时候，傅汉思喜欢到沈从文家与其谈天，常常一待就是大半天。对于张充和，他自然是熟悉的。甚至过了一阵子后，沈从文认为傅先生似乎并不是找自己聊天的。于是，当傅先生再到沈从文家时，沈从文便不同他讲话，而是把接待的任务直接交给充和，让两人单独待在一起。沈从文这个三姐夫，竟然成了半个媒人。

当时，傅汉思常去沈家参加家庭宴会。一次，沈从文的次子虎雏注意到四姨与汉思非常要好，竟然含糊地喊了声"四姨傅伯伯"，含混的断句，让人弄不清是"四姨、傅伯伯"还是"四姨父、伯伯"。但在场的大人们都已心知肚明了。

1948 年 11 月，相识不到一年的张充和嫁给傅汉思先生。为了使这场婚礼同时符合中美两国的习俗,他们请来了美国基督教的牧师主持婚礼仪式,同时请来美国驻北平领事馆副领事到场证婚,但取消了问答的仪式,也没有入场仪式,而采用中国惯例,新娘新郎在结婚证书上盖章以示决心。

婚礼上最有趣的情节则是切蛋糕,小虎雏吃着香甜的蛋糕时,竟然许愿,希望四姨和四姨父天天结婚,这样他就天天能吃到好吃的蛋糕了。

当天的婚礼上,充和一家人收到不少礼物,而她最为珍视的有三件:查阜西先生赠她的明代古琴(名为寒泉);杨振声先生所赠的一块彩色墨(康熙年间所制);梅贻琦先生送她的明朝大碗(景泰年间所制)。

然而,时局动乱,甚至都没给一对新人享受新婚宴尔的时间。婚后一个月的一天早晨,张充和正在做早饭,突然接到消息,要他们夫妻立即撤离北平,前往美国。两人匆忙打点行李,即刻启程,连早饭都没来得及吃。

临走前,充和曾给三姐兆和打了电话,便匆匆离去。或许在充和的内心中,她只是临时避乱而已,没想过长期定居美国。

"暂别真成隔世游,离家无复记春秋,倩谁邀梦到苏州。月满风帘慵理曲,秋深烟渚怕登楼,也无意绪蘸新愁。"

到美国后,张充和与傅汉思的生活陷入了一穷二白的窘境。而傅汉思因为文凭的原因,并未能进入高校任教。为了应付日常生活开支,这位张家四小姐忍痛卖掉了收藏多年的乾隆年间的家传古墨。

后来,为了支持丈夫的学业,充和在图书馆谋到了一个馆员的职位，而这个职位，她一做就是八年。十年后，傅汉思终于取得中文博士学位，进入高校任教。

"当年远胜到天涯，今日随缘遣岁华。雅俗但求生意足，邻翁来赏隔篱瓜。"充和总是与人提起汉思为人忠厚老实，性情温和，而自己却常常因为性急欺负他。当初，充和要嫁给一个外国人，家里人并不是没有担忧，毕竟充和善良天真，怕她遭人欺负，可是时日一长，大家也就看出充和的眼光了，汉思确实是个好人。而两夫妻间同甘共苦的精神更是感人肺腑。结婚三十年后，傅汉思在去加州开会之际，突发灵感，竟在枕上接连成诗二十首，有十首提及了他与妻子的爱情经历。

> 休论昨是与今非，艳艳朝阳冉冉归。
> 喜得此心俱年少，扬眉斗句思仍非。

> 三招四次烱锅底，锅底烱当唱曲时。
> 何处夫君堪此事，廿年洗刷不颦眉。
> …………

少年闺秀，流落此等际遇，可说是从天堂到地狱的沦落，然而夫妻二人同心，夫唱妇随，共度时艰。伉俪情深，可见一斑。

汉思先生去世后，充和将他的骨灰盛放在一只汉白玉坛子里，安置在他生前工作的书桌上，日日陪伴着。纵然夫妻二人间似乎连最初的追求也没有过，只凭着一种默契，一种习惯，便结合一生。汉思没有给她其他东西，可这半生的时日，便足以令她回味余生。

### "从文让人"其事

从年少时流遇北京，寄居沈从文家中，到抗战后流落西南，张充和与沈从文可谓交往颇深。从小，充和便与弟弟们一道听着沈二哥的故事长大。而沈从文也像呵护妹妹一样，关爱着充和。

充和对沈从文这位大作家充满了尊敬和爱戴之情，即使成年之后，分别异国多年，面对从文，充和也不免"以小卖小"对他撒娇。20世纪80年代，沈从文赴美，受邀赴宴，然而从文并不懂美国的规矩，便客气道："不必客气，点三四道菜就可以了。"其实，西方用餐，主菜式就是一盘，也可以说是一道。所以这事也成了充和说话从文的逸事。后期二人分别时，充和又调皮地以西洋礼节亲了一下三姐，随即又亲了一下沈从文。可从文的反应确是硬挺挺的，面无表情，活像个木雕的大阿福。而这自然成了分别后，充和不时忆起的从文趣事。

此后，张充和与沈从文的来往渐少，直到从文仙逝。在北京的侄子给充和打电话，向她求一副第二天追悼会时用的挽联。接到电话，充和辗转难眠，脑子里浮现的都是与沈先生有关的事。折腾到半夜后，充和干脆爬起来，研墨写字，顺手就写："不折不从，星斗其文。亦慈亦让，赤子其人。"这是对从文先生一生操守的最好注解。随后，充和将此句传真给北京方面。大家看了，赞不绝口。而更神奇的是，充和竟然在无意中把沈从文的名字也嵌了进去。此时好评传来，连充和老人自己都大吃一惊，再次品味，那四句话的尾字连起来，不正是"从文让人"吗？

张充和为沈从文多种著作题签，撰写多篇回忆文字，并题墓碑，而这寥寥 16 个字，却"无心插柳"般高度概括了沈从文一生的操守和绚丽之文。

## 笔墨丹青，一生挚爱

张充和的书画可谓其一生挚爱。对于书法，则是源于严师沈尹默先生。科班出身的沈尹默早就名声在外，而张充和也一直希望能有机会向沈先生求教。据说，当张充和到沈家请求拜师时，沈先生并未如传说的让充和先去磨两年磨，而是非常高兴，非常谦虚地说："你能拜师，我当然高兴，不过书法要取法诸家，然后自成一格才行。"沈先生还说："我能教给你的只有方法"，也就是所谓用笔。

在学习的日子中，沈先生给充和讲了不少自己研习书法的故事。而张充和也确实学到了笔法的精髓——执笔和悬力。充和虚心求教，刻苦研习，及至痴迷的程度。在重庆躲避炮火的日子里，她依然在跑警报的间歇坚持书写。防空洞边摆着桌子，她端立于桌前，心平气和地练习书法，警报声响起，她便迅速地躲进洞中。

那时候，她常常坐上大半天的车，冒着被日机轰炸的危险，就为了上歌乐山欣赏沈尹默先生写字。沈先生高度近视，写字时，常常把脸贴离纸张很近的距离，但他笔法娴熟，笔力遒劲。充和称赞老师的字如"龙飞凤舞"一般，好看至极。她也常常偷"捡"老师的墨宝。

沈、张二人的师徒情深，曾有这样一个小故事。沈尹默先生虽然是老派学者，但非常有绅士风度。有一次，充和又来上课，下课后，沈先生坚持要把充和送到公交车上。充和担心老师找不到回家的路，便特意没上车，而偷偷跟在老师的后面，一直送到老师平安返家，她才独自离去。这样一对师生，不禁让人想起魏晋时的名士风流。

作家董桥曾偶得张充和的一幅字，欣喜不已，夸赞充和的工字小楷笔势孕育着深厚又温存的血样，有贵族大家的气质。而向来推崇魏晋风格的恩师沈尹默则给了弟子充和五个字的评价："明人作晋书。"

由于长期练习书法，张充和在年老时，依然有着如年轻人一般的臂力，花园里的活，都能独自应付。到了老年时期，张充和声名日隆，求字者不计其数。然而充和老人具有大家风度，绝不是爱财之人，无论亲疏远近，张充和都一视同仁。

一次，苏州大学的人托人向张充和求两幅字。中间人见夏日炎炎，不是写字天，便安慰充和老人："随便写几个小字就可以，他们会想办法放大的。没有关系。"

可充和却认真严肃地说："那怎么行？小字放大了看，一定不好看。这是对我的信任。他们想要我的字，肯定是想放在门框上的，所以必须得写大字。而写大字就得用羊毫。羊毫柔软，还要配以相当的腕力，才能表现出刚柔相济的风骨。"

除了书法，张充和的绘画造诣也不容忽视。在重庆工作时，当时水利专家郑肇经也在重庆曾家岩工作。郑肇经在抗战时期，仍亲自参与水利工作。因为有一条小腿是假肢，所以他在跑警报时，总是慢别人一拍。所幸，防空洞就在他的办公室里。

郑肇经虽然工科出身，却喜欢研究金石字画，且常与沈尹默来往。而张充和与郑肇经结识后，常常去他宽大的办公室内写写书法，练练绘画。而郑肇经为人慷慨大方，凡是张充和相中的古字碑帖，他总是当场赠送。

一次，张充和刚从沈先生那偷捡了一幅墨宝，便又到郑肇经的办公室去练画。当时郑肇经不在办公室，张充和先画了人物的眼线、眉鼻口。此时，郑肇经正好进屋看见此景。而张充和却有些害羞了，因为她自认画艺不精，便准备将画了一半的纸张扔进纸篓里。而郑肇经却一把夺过，并说："可别糟蹋了我的纸，让我看了再扔。"

郑肇经看了稍稍成形的女子五官，又对比沈尹默的七绝诗："四弦拨尽情难尽，意足无声胜有声。今古悲欢终了了，为谁合眼想平生。"他觉得别有一番韵味，便要求张充和继续添上脸型和头发。充和只得从命。

可是五官画好后，郑肇经又要她依据沈先生的诗句，添上琵琶。充和无奈，只得寥寥几笔，填出琵琶，然其琵琶的弦线稀稀落落，显得很随意，郑肇经打趣道："这样的琵琶可叫她如何弹呢？"

充和机智地反驳道："沈老师说过'意足无声胜有声'吗？"说完，她便迅速地跑开了。

后来这幅画，也成了郑肇经极为看重的一幅画，将它认真地装裱悬挂，上面还多了不少名家题词。成为一幅珍品。

张充和向来以诗、书、琴、曲见长，但画作却很少流传。这幅《仕女图》也成了她唯一传世的人物画。后来，张充和去了美国，两人便处于失联的状态。后来，郑肇经视若珍宝的《仕女图》丢失了，而当那幅画作再次找回时，他已无缘再见。这也成了他毕生的遗憾。

## 一曲微茫度此生

张充和的昆曲生涯源于苏州，当时她刚刚回到乐益女中上课，刚一接触昆曲，她便爱上了昆曲。谁也未曾料到，这个爱好竟伴随她的一生。

父亲见四女儿酷爱昆曲，便为她专门请来一个老师，沈传芷。而这位沈传芷正是当红昆曲小生，大姐张元和的丈夫顾传玠的同窗。沈、顾二人多次同台演出，口劲足，咬字清脆，嗓音润达，唱法正统。沈传芷研习昆曲多年，精通多种角色，小生、花旦、正旦、小旦等无所不精。

举家迁居上海期间，充和还进入了当地有名的女子曲社——幔亭曲社。此后张充和便多次登台表演。而充和登台的经历也颇为人所乐道。

有一次，乐益女中组织一次成立日的庆典，还给每位学生准备了一碗寿面，其间夹杂多项抽奖活动，奖品有化妆品、器具、糖果及钟表等物什。而当日最出彩的节目有两个：一个是许文锦同学的滑稽舞蹈，另一个便是张充和同学的昆曲清唱。二人的表演被赞为："一则笑足喷饭；一则余音绕梁。"

张充和第一次登场，则是在上海的兰欣戏院，唱的便是了熟于心的《牡丹亭》。张充和饰演杜丽娘,花旦春香则由同社李云梅饰演。张、李二人同在幔亭曲社,有些交情,也互相欣赏。

然而这出戏却遭到了著名戏曲家王季烈的反对,因为李云梅并非大家出身,王季烈认为她没资格上台演出,还让张宗和(充和的弟弟)转告充和:"千万不要与李云梅同台参演。"可充和并没有听劝,她向来尊重专业艺人,而不看身份,这是祖母从小就教给她的做人道理——即使最卑微的人也应得到尊重。

后来,充和回话给王季烈先生:"那么请王先生不要来看戏,但李云梅一定要上演。"

张家人在昆曲没落的时候,拾起了这门古老的行当,父亲以正确的方式引导几个女儿爱上昆曲,并将它传承下去,尽力发扬光大。

及至她定居美国时,又积极为传扬昆曲而奔走。当傅汉思在耶鲁大学教授中国诗词时,张充和也到该校美术学院教授中国书法和昆曲。很多美国学生把中国书法当画画来练习,然而在"画"的过程中,却更加了解博大精深的中国文化。

张充和以美国为基地,先后将昆曲艺术传播于加拿大、法国等地。

最初,张充和孤身一人奋战在教授昆曲的阵地上,后来才有了来自中国的语言学家李方桂等人的加盟。当时没有笛音配合,她便事先录好笛音,等演唱时,再播送录音;没有搭档,她便悉心培养自己的女儿傅以谟。为了"引诱"小女儿学习昆曲,她甚至想到用陈皮梅作为奖励。学唱一支曲子,便给一个陈皮梅。这招还真是有效,小以谟很快学会了多支曲子。此后,充和又教会女儿吹笛子。到9岁时,小以谟便能登台演出了。母女俩身着中式旗袍站在耶鲁大学的舞台上,一个清新淡雅,一个可爱活泼,悠扬的笛声一起,珠圆玉润的唱词便汩汩流出……引得台下的外国学生如痴如醉。

经过几十年的努力,张充和终于让昆曲在国际舞台上有了一席之地。而她的四位高徒,更为促成昆曲申遗立下了汗马功劳。

张充和一生谦逊恬淡,既有大家闺秀的才情,又兼具中国女性之柔韧。享得了繁华,挨得起落寞,把自我放在天地之间,放得小了,对悲欢离合也就放得淡了。认清了人间的万般无奈,也就生出了一股淡然,更能专注于曲艺之道。

寻幽不觉入山深,翠雾笼寒月半明。
细细清泉流梦去,沈沈夜色压肩行。
十分冷淡存知己,一曲微茫度此生。
戏可逢场灯可尽,空明犹喜一潭星。

——《寻幽》张充和

微茫一曲,已成绝唱,然古韵遗响,渺落千年……

中篇

北方有佳人，遗世而独立

## 张幼仪：

## 人生要靠自己成全

张幼仪，在1922年，让大半个中国的人都认识了她，只因为她虽然不愿意，却依然成了民国以来新式离婚的第一人。当然，这一切，都拜她夫君所赐。张幼仪留下的照片很少，但就那一张照片看她，大气端庄，月光沉静，这样的女子，宜家宜室，本该被丈夫疼惜呵护一辈子。可是，她接受的是一桩"父母之命，媒妁之言"的包办婚姻，更因为，她的丈夫是那位激情重于责任，永远像火一样追求"唯一灵魂之伴侣"的诗人徐志摩。她与徐志摩的这场婚姻，从一开始就有着后天难以弥补的"先天不足"。

说到底，她不过是徐志摩反抗被安排命运的牺牲品而已。接受她，就意味着接受旧式婚姻，接受家庭的安排，这与他崇尚的自由恋爱相悖，所以，刚结婚，他就宣称"我要成为中国第一个离婚的男子"。他果然做到了，在新婚之夜就让张幼仪梦都没来得及做就枯萎了。

而张幼仪，也因为徐志摩，与陆小曼的命运纠缠在一起，成了民国女子一道奇异的风景线。

在最初，想必她已经听说过家人对才子徐志摩的介绍，加之对家里长辈的信任，她的内心对这段婚姻，充满了期待。她想，或许没有"画眉深浅入时无"的深情，也可能没有"赌书消得泼茶香"的浪漫，但总可以做到彼此相敬如宾吧？

她根本没有想到的是，未来夫君对她的厌弃，是从被迫接受这个包办婚姻开始的。他看她的照片，略微扫过一眼，就下了定论："乡下土包子。"之后，这个"土包子"的印象，就在她身上落下了印记。

面对她，他的眼睛都是从她头顶飘过，投向远方。他怨她，但是他没想过，作为婚姻的另一方，她也同样有承担有付出。彼时，她亦是十六七岁的花样女子，是一个女子最梦幻最美好的年华。

她怎么会是"土包子"？祖父为清朝知县，父亲则是上海宝山县巨富。而大哥张君劢是励志社首脑之一，政界风云人物，是《中华民国宪法》的主要起草人之一，被称为"民国宪法之父"，同时又是著名的哲学家。二哥张嘉璈曾任中央银行总裁、铁道部长。在 20 世纪初期，张家绝对算是声势显赫的望族。她也同样接受现代教育，12 岁时入读江苏省立女子师范学校。

其实，仔细想想，如果张幼仪身世平常，又怎么能入了徐家的法眼？婚姻，从来都不是两个人的事情，何况是张家徐家这样的望族？

张幼仪也是知书达理的女子，年仅 16 岁即嫁入徐家那样的名门，如果行为举止不够端庄，言谈不够得体，估计也很难得公婆欢心。但从公婆对张幼仪的支持上看，她显然是深得人心的。

## 与君两决绝，相忘于江湖

结婚后，张幼仪很快怀孕生子。而自认完成了传宗接代任务的徐志摩，却迫不及待地离家去北京求学，之后赴美留学。

在英国沙士顿小镇的情形，后来张幼仪都有详细的描述。可能是徐志摩不想与她单独相对，她刚去，徐志摩就邀请了一位中国留学生郭虞裳同住。此时，张幼仪怀孕了，当她怀着一丝期待与喜悦想告诉徐志摩这个消息时，听到的却是他要跟她离婚，让她打掉孩子。当时流产风险很大，但徐志摩却冷漠地说："还有人因为坐火车死掉的呢，难道你看到人家不坐火车了吗？"

之后，徐志摩就突然从张幼仪的生活中消失了。衣服、书籍都还在，甚至眼镜还放在翻开的书页上，但人却再没有出现。而感到蹊跷异常的郭虞裳，在几日后的清晨提着行李，吃完早餐后翩然而去，丢下怀孕的张幼仪。

不用想也知道此时的张幼仪面对多么糟糕的境况，她原本视为依靠的丈夫对她选择毫无征兆地消失，而她语言不通，经济拮据，环境不熟，她还怀着孕。

恨，也是要有时间与精力的，而张幼仪连恨的时间与精力都没有，她不仅为她自己，还要为她未出生的孩子在孤独无援的异国他乡谋生路。

亲情往往永远是一个人最后的温暖与底气。她写信给自己在法国留学的二哥和在德国留学的七弟。在二哥跟七弟的帮助下，她先去了法国，之后又去了德国柏林，并于1912年顺利生下了次子彼得。

生下孩子刚一个月，徐志摩很快地追到柏林，目的很明确：让张幼仪在离婚协议书上签字，片刻都不能等。张幼仪凝视丈夫热切的眼睛，那份迫不及待的热切，不是为孩子，更不是为她，而是为了摆脱他们，去寻找他人生的"自由"与"灵魂伴侣"，没有过多纠缠，执笔签字。

有的人傲气外露，以为是骨气，而真正的风骨却是刻在骨头藏在血肉里的。张幼仪自然是后者。也罢，那就离吧。这样没有爱、没有温暖、随时可能被置之于荒漠的婚姻，不要也罢。从今往后，与君两决绝，相忘于江湖。


### 即使是备胎，也要修炼成女神的样子

陆小曼在徐志摩去世后，很快地萎靡了，凋零了；而张幼仪却在丈夫逼她离婚，痛失爱子后，猛然醒悟，原来人生，能依靠的只能是自己。

或许孩子真的是上天给夫妻的礼物，当他感到自己不受欢迎时，他会选择离去。从未得到过父亲关怀的彼得，来不及长大，在 3 岁时死于腹膜炎，离开他们，重返天国。张幼仪痛不欲生，幼子的早逝，成为她心灵一生的阴影：他的到来，无法让她获取丈夫的欢心，更没有成为父母幸福的期待。几乎从来没有获得过父爱，而即使母爱也是极其有限的。因为张幼仪忙于学习，所以，在长达半年的时间里，频频称自己肚子疼的彼得还是被忽略了。最后，积重难返。

在从柏林回国的列车上，窗外有大片生机勃勃的绿色田野，然而，手捧幼子骨灰盒的张幼仪没有心情欣赏窗外的风光。她的脸上，始终是平静的，那是一种心如死水的宁静。隔着近百年的时光，让我们回望岁月，张幼仪在那趟列车上，对自己从前的惶恐畏惧、期望能依靠丈夫的岁月，一去不复返。张幼仪后来自己也承认，她的人生是从柏林回来后被分成了两段。

伤痛使人清醒。婚姻破碎，怀抱幼子骨灰，张幼仪开始想从前的种种，什么都怕，怕丈夫遗弃，怕离婚，结果，尽管她如履薄冰，小心翼翼，却还是被命运狠狠地摔到了谷底，陷入无边的深渊与泥淖里。她死过一次，然后重生，整个世界在她面前都变了。还有什么不可以失去，还有什么值得惧怕？

多年后，她功成名就，提起这场沸沸扬扬的离婚，她淡然一笑："我要为离婚感谢徐志摩，若不是离婚，我可能永远都没有办法找到我自己，也没有办法成长。"

因为徐志摩，张幼仪或许没有机会做成功的妻子，但她绝对是成功的媳妇。徐家老两口在徐志摩离婚时，即宣告中断他的经济援助，但把财政大权交给了张幼仪。

在德国，她发愤图强，努力学习德语，克服语言关，说得一口标准流利的德语。在裴斯塔洛齐学院幼师教育专业学习，主修幼儿教育，继续完成了在 15 岁即中断的学业。回国后，办起了云裳服装公司，虽然是合伙，但他人都是凑热闹的心态居多，她才是主要的经营者。她不做老板做"经理"，一直认为这是"八弟和几个朋友合作的小事业"。而那几个朋友里，也包括徐志摩。

凤凰涅槃的张幼仪，渐渐地找到了属于自己的舞台。她将云裳服装公司经营得风生水起，卖成衣，也接受订购。在店里挂上精美的成品，然后按照客户的身材加以修改。云裳服装选料考究，并且非常注意在细节中凸显品位，比如，珠饰、纽扣、绸带都非常精美别致，还在款式上大作创新，不仅采用了立体裁剪法，还糅合中西方文化要素，很快在上海风靡起来。更由于合伙人都是名流名媛们，因此，众多上层社会的闺秀淑女、社交名媛都以能穿上"云裳"的服装为荣。上海"云裳"，成为首屈一指的女士服装公司。即使后来，张幼仪担任了上海女子商业储蓄银行总裁时，每天下班后，她也会亲自去服装公司视察监督。

"云裳"服装的成功，不仅让张幼仪赚了一个盆满钵满，也让她的名字在当时的时尚圈里流传。当年徐志摩嘴里的"土包子"，现在正引领着上海乃至中国的时尚潮流。张幼仪成了一个传奇式的人物。张幼仪以自己的经历告诉天下被弃的女人，纵然被弃，也可以活得这样扬眉吐气，这样风生水起。

相比张幼仪的优裕与风光，与陆小曼结婚后的徐志摩就狼狈多了。陆小曼与徐志摩其实骨子里都是需要人宠爱与照顾的孩子，都不是适合过烟火人生的人，他们凑在一起，日子可以想象。陆小曼继续她挥霍颓废的生活，而徐志摩为了养家，不得不四处兼职，经常搭乘邮政飞机去北大讲课贴补家用。

徐家二老一言九鼎，对他果然没有经济支持。天下没有不疼儿女的父母，在父母看来，徐志摩的一切行为都是孩子式的任性，他们认为随着岁月如刀，诗人那颗炽热的心也会逐渐回归于尘世，也会渴望安定，在那时，也许，他就如同一个外出游玩的孩子，从容自然地回到家里。这恐怕才是徐家停止对徐志摩经济支持的原因。

所以，他们收了张幼仪做义女，让她当家。张幼仪私下帮徐志摩还过几次债，徐志摩心里五味杂陈。很难想象，当徐志摩身兼五职，为生活疲于奔波时，想到曾经被他嘲笑过的张幼仪，会不会偶尔心生悔意？其实，真正适合徐志摩的人，是张幼仪，但他一生都没有给予过她机会。他们最终还是错过了彼此，他为终生所爱，付出了生命的代价。而她，励精图治，自立自强，做一个争气的"备胎"。他没有给她的，最终，命运都给了她，当然，最重要的，还是她自己能在最深沉的黑暗中清醒过来，从命运的泥泞中挣扎出来。50岁时，在孩子的支持下，嫁给一位租住在她楼下的中医，性情温和，获得了世俗的圆满。

徐志摩与张幼仪，总会让人联想到另一桩包办婚姻——鲁迅与朱安。鲁迅虽然不喜欢朱安，甚至在朱安铺好床时勃然大怒，掀了被子，还闹着要拆床，但他终生都没有真正遗弃朱安，他一直供养着她的生活，让她跟自己的母亲在一起。朱安生病时，鲁迅还会带她去看病。因为鲁迅知道，如果跟朱安离婚，无疑是逼她自杀。直到鲁迅与许广平生子，朱安才彻底放手，称自己也是"先生的旧物"。

也许，如同朱安一样，张幼仪在内心里，也期望徐志摩能回头复婚，但是跟朱安不同的是，即使是做备胎，她也努力把自己往女神方向去修炼。变化不是没有，随着她开办云裳服装公司，他们之间的关系已经开始改善，试想，如果徐志摩没有飞机失事，其实结局很难料。

对于徐志摩，他负心也罢，再婚也好，她对他始终没有指责，

甚至在他逝世后，还接济陆小曼，出资请人为他出诗集，这大抵
不是因为她还有多爱他，多少爱经得起无数次的伤害？而是她能
够淡定而勇敢地面对岁月，面对伤害。

## 你要的，岁月都会给你

1927 年，张幼仪搬到了四哥张公权在英租界的房子里，并
接受东吴大学的邀请，教学生德语。就在她教完一学期德语，打
算教第二学期时，上海女子商业储蓄银行突然找到张幼仪，请她
出任该银行总裁。这家银行是一些妇女所办，女性职员居多，但
由于经营不善，濒临倒闭。

上海女子商业银行的董事长是上海先施百货公司经理欧彬的
夫人欧阳慧然，行长兼营业主任则是有着丰富从业经验的严叔和，
同时他又担任银行总经理，而姚稚莲则担任副总经理。他们希望
张幼仪能力挽狂澜。张幼仪当时在妇女界中地位很高，当然，他
们选中她，还因为她二哥在金融界的地位。她也觉得教书与经营
服装公司这样的生活不能施展自己全部的才华，骨子里，她也是
个喜欢挑战的人，于是，答应了下来。

命运此时向张幼仪展开了另一幅画卷。所以，只要有足够的
耐心与努力，你要的，岁月终究会给予。

这个女子银行实际上变成了她的王国。她把自己的办公桌搬
到大堂角落里，不仅能随时看到职员的动态，还能进行最有效的
沟通，而且，职员们看到总裁都在努力，自己还怎么偷懒？虽然

身为总裁，但她每天 9 点准时上班，从不迟到。

张幼仪的励精图治，再加上二哥的支持，上海商业银行的陈光甫和浙江实业银行的李馥荪也对她大力支持，经营状况日益好转，很快扭亏为盈，到 1931 年年底，银行实收资本总额和储蓄资本均超过两千万元，创造了金融界的奇迹。因而，"上海女子商业银行"在上海银行界崭露头角，烜赫一时。女子银行尤其受老少妇女的欢迎，而经历过在沙士顿困顿的张幼仪，见到在附近商店工作的女性，拿了薪水与支票立刻来银行兑现，再往户头存钱的情形，内心欣慰又辛酸。张幼仪也成了中国女性银行总裁第一人。

随着妇女解放的思潮涌现，张幼仪经营着这样一家以提倡妇女经济独立为宗旨的银行，毫无疑问地成了妇女独立的代表人物。而她凭借自己的经商天赋和人格魅力，也为银行赢得了良好的声誉。并且靠着她的个人能力与魅力，在银行的数次危难之际，保住了银行。

抗日战争爆发后，日军占领上海时，逃亡的人们纷纷到银行提现。一天，一位顾客急匆匆地跑进了云裳服装公司找到张幼仪，要求提走她千方百计为银行保住的 4000 元钱。然而，现金一旦被提光，女子银行很可能就要倒闭。何况，对方带那么一大笔钱逃亡也并不安全。张幼仪在跟总经理商量后，建议顾客接受担保，在渡过了困难期后，连本带利奉还。顾客答应了。答应的理由是："如果是你张幼仪告诉我，你担保这笔钱，那我相信你。我不相信别人的话，可是你讲的话我信。"

上海女子商业储蓄银行熬过了中国最黑暗最动荡的时期，直到 1955 年金融业公私合营才宣告结束，一共开办了 31 年。这所银行见证了一位女子的自强、睿智、精明与深厚。

1949 年后，张幼仪离开大陆，在香港与苏姓中医结婚。这一次，她遇到了懂得她，体贴她的人，两人在香港生活了 28 年，苏医生病故，张幼仪于是前往美国，与爱子团聚。

如果没有徐志摩，张幼仪或许就是在家相夫教子的贤妻良母，因为遇见了他，张幼仪被命运推到风口浪尖，让伤口长出人生的红硕的花朵，名利双收，儿孙绕膝，只是，这样的成长，这样的功成名就，是最初 15 岁的她，想要的人生吗？她不过是憋着一口气，要与他定格的世界较量，这是自信，也是剽悍。所以，她才能成全自己。

孟小冬：

错得值得，爱也要值得

　　也许，梅兰芳只是她的爱情传说。

　　在拍《梅兰芳》之前，其实已经有人打算拍《孟小冬》，据说已经开始找编剧撰写剧本，但最后因为杜月笙太过复杂微妙而敏感的身份，只得作罢。或者，她的名字与身影在梅兰芳、杜月笙的传记里出现，也不过是浮光掠影的几个浅浅的涟漪。但无论是梅兰芳还是杜月笙的人生里，甚至是孟小冬自己的一生，她都是一面冷静的镜子，照见了两个男人对爱情的担待。

　　1925 年，孟小冬初识梅兰芳时，她正好 18 岁。青春妙龄，风华绝代，初次在北京登台，首演《四郎探母》便一炮而红，从此名动京城。撰写剧评的"燕京散人"这样评论孟小冬："……最难得的是没有雌音，这在千千万万人里是难得一见的，在女须生地界，不敢说后无来者，至少可说是前无古人。"

　　所以，后人说：梅兰芳可以没有孟小冬，但谈起孟小冬，却不能绕过梅兰芳，其实是不公平的。没有梅兰芳，她依然可以做特立独行、绝世而傲岸的冬皇，甚至，如果没有那一段失败的婚姻，孟小冬的戏剧人生或许能走得更远。张伯驹甚至干脆就说，梅孟的婚姻就是地狱。

但缘分的奇妙就在于不可预知。在时间的无涯里，她遇到的，恰好是他，无论是情是劫，都终究要渡一次，走一遭。

## 天才少女初长成

孟小冬以自己传奇式的经历，更说明了天才是天生的：出身梨园世家，祖父与父亲，皆为当时著名的文武老生兼武净艺人。孟小冬天资聪颖，又勤奋上进，12岁初次在无锡登台便大放异彩。《申报》记载了她初次登台的情形："她客串《乌盆记》，由冯叔鸾饰张别古，颇觉牡丹绿叶。一曲方罢，彩声四起，内行均称为童伶中之杰出人才。"14岁时，孟小冬开始在上海搭班。小小年纪即使与张少泉、粉菊花、露兰春、姚玉兰等当世名角同台演出，也落落大方，颇具大家风范，丝毫不见拘谨青涩，其清新独特，让人过目难忘。

1925年，在南方已经声名鹊起的孟小冬为了更广阔的天地，来到了京津。因为北京才是京剧艺人最重要的舞台，是公认的京剧大本营。"愿在北数十吊一天，不愿沪上数千元一月。"是当时北京在京剧界地位的真实写照。以孟小冬的天赋与个性，肯定是要到北京去寻找自己的天地。

1925年4月，孟小冬在北京初次登台，首演《四郎探母》便一炮而红，成为北平京剧界的热门。袁世凯的女婿、剧评人薛观澜将孟小冬的姿色与清末民初的雪艳琴、陆素娟、露兰春等十位以美貌著称的坤伶相比，结论是"无一能及孟小冬"。撰写剧评的"燕京散人"对孟小冬的唱腔也是极力称赞："……最难得的是没有雌音，这在千千万万人里是难得一见的，在女须生地界，不敢说后无来者，至少可说是前无古人。"

孟小冬姿容端丽，唱功不俗，身姿清雅，台风大方潇洒，盛誉之下，自然有无数戏迷，也成了无数人心中的女神，暗恋者不计其数。除却垂涎她姿色的男人，其中却也不乏情根深种，陷入单相思而无法自拔的热血青年。

随着孟小冬的票房一路飙升，梅兰芳自然也无法忽略这位年仅 18 岁，其票房号召力却与自己形成对峙，"天下第一老生"的名号已经传开的玲珑少女。

此时的梅兰芳，是红遍全国的第一著名青衣兼花旦，且刚从日本归来，是名副其实的旦角之王。他们的第一次相遇，是在 1925 年 8 月，孟小冬出演《上天台》，与梅兰芳的《霸王别姬》在同一天。上下场之际，身着龙袍的孟小冬对着身穿"虞姬"演出服的梅兰芳，尊称了一声："梅大爷"。这是他们的开始。梅兰芳与孟小冬，他是儒雅的翩翩佳公子，而她是有倾城之貌的青春美少女，又都是同行的佼佼者，彼此心中相互倾慕，也是人之常情。

梅兰芳与孟小冬，是成也萧何败也萧何，促成这段倾世之恋的是戏迷，而最后那根压垮他们婚姻的最后一根稻草，也是梅迷。

北京政要王克敏的生日堂会上，他们首次合作演了《游龙戏凤》。因为是跟名满天下的梅兰芳合作，相比师傅仇月祥的忐忑不安，孟小冬却充满了自信与期待。

是初生牛犊不怕虎，还是，原本，她就期待着与他的这一场"游龙戏凤"？

演出自然很成功。一位是须眉之皇，一位是旦角之王，戏迷们都希望他们能结合，珠联璧合，才子佳人，天生一双，地设一对，这样的完美婚姻，简直就是完美的童话。其实，孟小冬投入这段爱情里时，还是对情感懵懂无知的少女。梅兰芳太过耀眼夺目，以至于连她自己都分不清，她对他，是爱？崇拜？抑或只是爱上了梦想中万众瞩目的爱情传奇？

## 等闲变却故人心

梅兰芳自然是愿意的。她有倾世之貌，罕有男人能抵抗她的美丽。孟小冬的美，不仅是明眸皓齿，她除却如同迎风傲立的蜡梅，冷香彻骨，除了遗世独立的孤清外，同时又有一种豪爽之气。更何况，她还有不逊于自己的天赋与才气，有这样一位知己陪伴在侧，夫复何求？

梅兰芳当时已经有两位夫人，病重的原配夫人王明华很欣赏孟小冬，希望她嫁到梅兰芳身边。或许，在王明华的想法里，二夫人福芝芳精明能干，可以替梅兰芳把家里打理得井井有条，而孟小冬则可以做梅兰芳事业伴侣，做他灵魂"解语花"。后来证明，她错了。不是所有的女人，都如她那样可以爱一个男人，爱到不计得失，甘愿与人分享。

　　较之王明华，福芝芳无疑是更懂得如何去经营一段婚姻。她对梅孟二人的事情，不闻不问。即使《北洋晚报》刊发了一篇署名为"傲翁"的文章：

　　"小冬听从记者意见，决定嫁，新郎不是阔佬，也不是督军省长之类，而是梅兰芳。"

　　与报纸一同刊发的还有梅、孟二人的照片，以及照片下的文字："将娶孟小冬之梅兰芳"与"将嫁梅兰芳之孟小冬"。这位"傲翁"极有可能就是孟小冬本人。就是这样一篇文章，也让梅兰芳大发雷霆，闹到报社，弄得报社十分尴尬，不得不又登出《梅伶近讯》，称孟小冬租住了梅兰芳的房子，两人只是房客与房东的关系。

　　不知道孟小冬是否看到这篇稿子，估计是没有。新婚宴尔，她与梅兰芳两情相悦，浓情缱绻，赌书泼茶。她果然还是单纯，丝毫没有意识到作为名满天下梅兰芳的夫人，她要享受的不仅是男女爱恋与温情，还需要承担责任与义务。

　　福芝芳无疑比冬皇清醒得多。她对梅孟之事，不动声色，一如往常，对梅兰芳的一切外部活动，依旧不加干涉，只更加用心掌管梅家的家政。她深谙对男人，尤其是成功男人，一个稳定后方的重要性。更也许，她甚至比梅兰芳更了解骨子里的孟小冬，也预感到他们这一场金风玉露一相逢后便是烟消云散。所以，她才这样冷静与笃定。

　　风姿绝代的冬皇孟小冬就这样嫁了。1927年，农历正月二十四，他们举行了简单的婚礼，洞房花烛设在东城东四牌楼九条35号的冯公馆内。

　　多年后，孟小冬与梅兰芳分手，回忆起这个太过于草率的婚姻，孟小冬也认为当时是情之所至，太过年少，不经世事所做的决定。可见，在情感成熟之后的孟小冬，对于这段婚姻不是怀念，更多的是遗憾当时的不谙世事。

当然，在最开始，彼此是倾情相爱的。他们也过了一段美好时光。梅兰芳性格内敛温和，却在与孟小冬结婚后，变得活泼甚至顽皮。所以，在那段静好的岁月里，他是快乐的。这快乐，当然是因为她。甚至他们还在冯宅种树，并且还郑重地替两棵树起了名字——自然是代表着他与她。

纵然如心高气傲的孟小冬，也甘愿被"藏"："纵是坤生第一，也只好光彩黯然收。"因为作为梅兰芳的太太，确实不宜再抛头露面。然而，孟小冬这样的"藏"，却让戏迷大为失望：他们不仅并未看到曾经想象的两人在舞台上的琴瑟和谐，反而连孟小冬也踪迹难寻。

孟小冬这场对外隐而不宣的情事与婚姻，最终导致了冯宅血案的发生。梅兰芳的好友张汉举被误杀，梅兰芳不仅对好友去世歉疚万分，还要强撑精神安抚张的遗孀，此外，他还要承受巨大的社会舆论的压力。福芝芳更是放言："大爷的性命要紧。"于是，焦头烂额的梅兰芳便顺水推舟地回到了梅府，自然也就顾不上安慰风口浪尖上的孟小冬。

而孟小冬此时却在纷纷扰扰的流言蜚语中，日渐憔悴，艰难挣扎。冬皇不是普通的女子，12岁便担起养家糊口的重担。而在那时，京剧名伶要依附权贵，更多沦为钱权者的玩物，是为人所不齿的"下九流"，孟小冬小小年纪就尝尽世态炎凉，人情冷暖，自然不会是内心软弱的人。舆论的压力，固然让她头疼，但更让她寒心的是梅兰芳的一走了之的态度。其实,公众对于明星的态度一贯这样,见男女在台上交相辉映,便乐于促成其成为生活中的伴侣,也不管使君有妇,罗敷有夫,而满足自己的关于才子佳人的想象。而一旦有意外事端,却马上转变态度,横加指责。梅迷们对孟小冬便是如此,逼得孟小冬不得不在报纸上做了说明。

1931 年 7 月,孟小冬与梅兰芳正式分手。分手后,各种关于她的流言蜚语潮水一样纷迭而至,她成为众矢之的。孟小冬一度心灰意懒,想要与青灯古佛相伴一生。然而,梅兰芳不属于他自己,冬皇孟小冬也是如此,不久,在朋友的开导建议下,孟小冬写了《孟小冬紧要启事》刊登在《大公报》头版,连登三天。这份启事上,孟小冬澄清冯宅血案与她无关,说明与梅兰芳分手原因是"兰芳含糊其事,于桃母去世之日,不能实践前言,致名分顿失保障"。

孟小冬半世飘零,遍尝人情冷暖,爱得浓烈,却也有抽刀斩情丝,一退万丈不回头的潇洒与决绝。

其实,梅兰芳也并非真的薄情寡义。他有他的无奈与身不由己,作为万众瞩目的明星,他此生注定只属于京剧,其余的,都要让步。孟小冬,无疑是他生命最灿烂、亮丽与难忘的经历。他的选择,只不过是一个男人在向现实的妥协后,所做的选择。让他做决定的,更多是权衡,而非爱与不爱。普通男人尚且如此,何况一代大师梅兰芳?所以,爱是一种勇气,更是一种能力。

郑秀文有一首歌《值得》:"我们的故事,错也错得值得,爱也爱得值得,爱到翻天覆地也会有结果。"这也是梅兰芳与孟小冬的结局,他许了她一场游龙戏凤的倾城之恋,却没有一起到老的缘分。

我想到了萧红，一生都辗转于不同的男人，不停被辜负受伤害。才女又如何？也要足够明智，才能在爱情的困境里顿悟。同样是受过伤害，张爱玲也可以对曾经让自己低到尘埃的胡兰成说："我已经不喜欢你了。"所遇非人，抽刀断水，及时回头是最明智的选择。

但在孟小冬身上，我们看到的却更为决绝。所以，"冬皇"注定是孟小冬，而不是他人。


**蓦然回首，那人却在灯火阑珊处**


我想，杜月笙之所以愿意在孟小冬身上投入那么多的时间、情感、金钱、精力去捧孟小冬，除了他京剧票友的身份外，以及"冬皇"风姿外，他对她，是一种惺惺相惜的。而这种惺惺相惜，已经远远地超越了男女之情，更是一种灵魂深处的到达与了解。

梅兰芳是孟小冬生命长河里抹不去的风景，但却不是唯一的。有另一个男人，给了她安定护她周全，让她心无旁骛地专心研究技艺，更把她推到了事业的巅峰，最后，也给了孟小冬一直苦苦追求的"名分"，让她再了无遗憾。他，就是杜月笙，上海响当当的"跺跺脚上海滩都能抖三抖"的人物。

人们所知道的是 1937 年 5 月 1 日，在上海市黄金大戏院举行的开幕典礼中，大亨杜月笙揭幕并致辞，而孟小冬受邀剪彩，从此开始了两人一生的纠葛。其实，他们早在 1925 年便相识了。

那时，出身穷困的杜月笙还只是一个替黄金荣跑腿的小喽啰，而她已赫然是前途无量的新星，他们之间有着云泥之别，他不敢奢望。她年龄小，又肩负父辈的希望，只想做舞台上光芒万丈的名角。他纵然倾慕她，也只能深埋于心底。而彼时的他，嗜赌如命，浪子性情，绝非是居家好男人。但他记住了她，并且鼓励她去京剧的圣殿北平闯荡发展。

她惊讶于容貌平常的他过人的见解，从此心底留下了他的名字。孟小冬去了北京，杜月笙密切关注她的一举一动。

而人生的机遇就是这么奇妙，他仿佛就是为了成就她而存在。当孟小冬隐藏了光芒，安心于室时，杜月笙开始在上海滩崭露头角；当孟小冬与梅兰芳感情剧变，生活都无以为继时，是他让自己的四姨太，同时也是她的结拜姐姐出面接济她，解她燃眉之急。而当她与梅兰芳曲终缘尽时，他已经是上海滩说一不二的大亨。他为她出面，让她明明白白地脱离那段盛名之下其实难副的婚姻。而在孟小冬离婚时，他从旁佐证，叮嘱她要细思量。这是那个传说中狡诈阴险、霸道毒辣的黑帮老大吗？

离婚后，孟小冬重新开始登台。1935 年，在她的努力下，杜月笙从旁斡旋，余叔岩终于答应收孟小冬为自己的弟子。她成了余叔岩的关门弟子，也是唯一的女弟子。远离了男女之情，她投入全部精力学艺，而在余叔岩生病时，更是细心照顾，煎药打扫，伺候得细致而周到。是谁说孟小冬只能被人服侍，而不会服侍人？她一生傲岸，只做愿意做的事情，不求面面俱到的好人缘，只求问心无愧。

恩师嫁女时，她出手大方，送出满堂的红木家具。其实，她久未登台，自然没有收入，这些，都是杜月笙在背后默默的支持。两个男人的爱，渐渐地分出高下：梅兰芳，是她需要仰望的人，所以，她卑微地活在他的阴影下，没有光芒，甚至没有自我，而她以为的明媒正娶，在别人眼里，也只是一场自欺欺人的笑话。杜月笙，最初的最初，也是被舞台上姿容端丽的她吸引住了，是一名戏迷对名角的欣赏，而随着岁月深重，他所欣赏的，是走下舞台，卸下妆之后真实的她，她的傲骨疏离，不违本心，温婉秀丽之下的豪气豪情，都让他有了惺惺相惜之感。这种感觉远比单纯的男女原始的吸引更隽永，更深沉，因为这是他对她的认同。夫妻也罢，情侣也好，到最后都是朋友。朋友不一定是夫妻，但一对好夫妻，却一定可以做一对知己。

孟小冬有段时间在上海唱戏，因为饮食不当，身体不适，虽然是小问题，但却让她倍感困扰，然而上海的西医却表示无能为力。杜月笙听说了这件事情后，直接用飞机把自己在北京的西医送到了上海。孟小冬很快痊愈，杜月笙一高兴就送了那位医生10万元。

杜月笙对她周到而妥帖的照顾，她不是没有感觉，而且，在她骨子里也潜藏着士为知己者死的刚烈。在杜月笙60岁华诞时，已经许久未登台的孟小冬，特意排练半年之后，为其祝寿。

那么他呢？名为祝寿，其实是赈灾义演，遍邀名角，义演费用他全部承担，但演出收入却全部用于赈灾。

谁说这一场注定要载入京剧界的盛事，不是为了力捧作为余派传人的孟小冬？孟小冬两场《搜孤救孤》的演出，征服了成千上万的戏迷观众。当时一票难求，黑市票翻了几番，依然供不应求。

买不到的戏迷只好选择收听实况转播，因此致使上海滩的无线电脱销。社会各界送给孟小冬的花篮，足足可以排一里路。

这次义演，冬皇的唱功已臻于完美，完全确立了"中国京剧首席女老生"的地位。但谁也没有料到，这是她最后一次与观众见面，这一次演唱成了"后会无期"的"广陵绝唱"。梅兰芳没有去现场听孟小冬演唱，但据其管事事后说，梅兰芳在家里用无线电安静地听了两天孟小冬的演唱，之后，久久闭门不出。这也是她与他之间最后的消息，他闭门不出，怅然若失。

义演结束后，孟小冬就向杜月笙辞行，理由是思念父母。杜月笙自然不好强留，委托姚玉兰送上珍贵的金银首饰。孟小冬隐隐有些失望与不快，只接受了一块金表做留念，谢绝了其余部分。因为她已经决定今后不再登台演唱，这将会是她艺术生涯里真正的谢幕。所以，在内心深处，她希望杜月笙能挽留自己。但杜月笙也有自己的考虑，他已是英雄迟暮，是真正花甲之年的老翁，娶了她，是耽误了她。此外，他一向尊重孟小冬，在不了解她想法的前提下，不愿意唐突了她。

孟小冬的态度让杜月笙很不安，他日夜牵挂，孟小冬却未捎来只字片语。思前想后，杜月笙派了得力手下，专门到北平以孟小冬的名义购买了一处住所。1948年，孟小冬独自居住在这里，身体多病瘦弱。回忆起自己在舞台上的无限风光，再看看眼下的境况，果真是人生如戏，世事难料。就在此时，她接到姚玉兰的信。在信里，她力邀孟小冬到上海暂居。

这一次，孟小冬没有再推托。而杜月笙看到容貌憔悴，精神颓废的孟小冬，只喊了一声"阿冬……"就把她拉进怀里。

### 陪君醉笑三千场，不诉离殇

自此，功成名就，铅华洗尽的孟小冬真正接受了旧上海传奇人物杜月笙，与好姐妹姚玉兰一起俨然成为杜家一员。对于她的选择，外界非常惋惜："梨园应是女中贤，余派声腔亦可传，地狱天堂都一梦，烟霞窟里送芳年。"然而，孟小冬自幼辗转飘零，其中冷暖甘苦，别人无法感同身受。她经历过感情的幻灭，也明白舞台上的繁华，也不过是刹那的虚幻烟云。年过四十，体弱多病，芳华不再，她需要的是一份踏踏实实的未来，一个可以让她放心的归宿。

他对她有恩，而这个讲义气，重承诺，恩怨分明的男人，懂她，捧她，一步步把她推向人生艺术的最高峰，也被她引为知己。

1949 年 4 月 27 日，孟小冬跟随杜月笙家人一起离开上海，抵达香港。杜月笙的身体每况愈下，病中的他，一反常态地放纵自己对她的依恋——医院里，姚玉兰问他需要什么，他说："我要阿冬。"这就是许多人说的"伺疾"，是孟小冬对杜月笙精心照顾。然而，仔细一想，这其实是杜月笙对她的体贴。此时的杜月笙，已经开始了他的逃亡岁月，虽然昔日"一跺脚九城乱颤"的风光已经不再，但洒扫煎煮这种活儿还是无须孟小冬亲为。这是杜月笙对孟小冬的懂得。他明白以她的秉性，不屑也不善于应付女人之间的明争暗斗，所以才要把她留在身边，而且，大多数情况下，似乎是杜月笙在照顾孟小冬：她喜欢的，必定想方设法办到；她的家人，他也妥帖安排。在他身边，她自不必去面对他那几位厉害太太的，自然，也就不必承受羞辱与刁难。

　　据杜月笙的儿子回忆两人在一起的时光，说孟小冬也有心计，懂得讨杜月笙的欢心。稍微想想就会明白，以冬皇的傲岸与狷介，如果懂得讨好谁，那么在"福孟"之争中，稍微懂得筹谋经营，示弱拉拢，怎么会败得那样彻底？所以，我们更愿意相信，相比她年轻时的容颜，他爱的是她的傲骨，豪气与倔强。他，才是她真正的知己。

　　亦舒说，男人对女人至大的尊重是婚姻。而杜月笙在他去世的前一年，给了她一场迟到的婚礼，更像是对她以后人生的安排。

　　1950 年，以杜月笙天生的精明敏锐，他意识到或许香港也并不安全，他决定举家移居欧洲。临行前，杜月笙计算办理护照的人数时，孟小冬闲闲地问了一句："我跟了去，算是女朋友还是丫头？"杜月笙立刻明白了孟小冬的心思：其实在他人眼里，孟小冬早就是他杜月笙的女人，没人敢议论，没人敢质疑，但因为与梅兰芳一场暧昧不明的婚姻，孟小冬对"名分"有种异乎寻常的执着。

　　杜月笙没有犹豫，决定尽快补办婚礼。婚礼那天，因病久未下床的杜月笙，不仅起了床，还穿起了长袍马褂，头戴礼帽，态度郑重，坐在手推轮椅上，被下人推到客厅，再让人搀扶着站起来，站在客厅中央。而 42 岁的新娘孟小冬穿一件崭新的滚边旗袍，依偎着他，表情宁静祥和。杜月笙的儿子媳妇女儿女婿都一一向她跪拜行礼，称她为"妈咪"，态度恭敬。这自然是他要求的。孟小冬给他们准备的礼物是儿子、女婿一人一套西服；女儿、儿媳一人一块手表。以后的岁月里，她与他的儿子媳妇女儿女婿相处融洽。

从 18 岁遇到梅兰芳，到 42 岁正式成为杜月笙的五姨太，他终于让孟小冬如愿以偿。1951 年，杜月笙去世。之后，孟小冬随同孩子们一起移居中国台北，在那里安静从容地度过了余生。

邂逅梅兰芳时，她有着少女对爱情纯真的幻想，以为真的有王子公主的爱情传奇，最美好的年华却只换来悔恨与惋惜。原来，她需要的，从来不是一棵开花的树，而是一座伟岸的山，所以，下半生，她独自盛放，不留遗憾，用一辈子错过一个人来换来一个人的从内心深处的认同，于是，她真正的春天，在她 42 岁的时候才真正来临了。人生的舞步，有时就是这样回旋而奇妙。

孟小冬与杜月笙，骨子里都是傲岸青山，于是，惺惺相惜，醉笑陪君三千场，不诉离殇。

而曾经的风花雪月，即使是金风玉露一相逢的无限美好，也不过是去似朝云无觅处的缥缈虚无。

吕碧城:

如无知心人,宁负冰雪聪明芙蓉色

　　提起吕碧城,大家首先想到的是"民国剩女"这个头衔,无论她的一生是如何辉煌,如何光鲜亮丽,人们唯一记住的是她一生未婚,最终与青灯古佛为伴,死后骨灰和面为丸投入海中供鱼吞食的凄惨结局。

　　这些都是俗人的意淫,关于嫁人,她要求很高:"生平可称心的男人不多,梁启超早有家室,汪精卫太年轻,汪荣宝人不错,也已结婚,张謇曾给我介绍过诸宗元,诗写得不错,但年届不惑,须眉皆白,也太不般配。"

　　她颜值高、事业顺,又才情纵横,还不差钱,这样的人生大赢家,真正的白富美,自然不肯纡尊降贵,随便下嫁,既然做剩女很嗨,为什么要委屈自己,砍断枝叶,去屈就一个不情愿的男人,一份不理想的婚姻?

　　人生的纠结不在于结婚不结婚,而在于没有勇气或者底气单身,又在充满怨气的婚姻里苟延残喘,吕碧城在将近一个世纪前,就有这种觉悟。

### 想要锦上添花，先让自己变成锦

吕碧城 1883 年在安徽旌德出生，父亲吕凤歧为光绪进士，家学渊源，在父亲的熏陶下，吕家姐妹均诗名在外，当时吕碧城和两个姊妹吕惠如、吕美荪被人们称颂"淮南三吕，天下知名"。吕碧城 12 岁时，诗词书画的造诣已达到很高水准，当时有才子美称的樊增祥读了她的诗，拍案叫绝。当有人告诉他这只是一位 12 岁少女的作品时，他惊讶得难以置信。

天有不测风云，人有旦夕祸福，一切的岁月安稳随着吕父的离世戛然而止。

母亲严氏无子，父亲死后，孤儿寡母备受欺凌，家产被霸占，母亲被他们幽禁，两个姐姐手足无措，只得以泪洗面。

生命中总有那么一段时光，充满了不安，除了勇敢面对，别无选择。年幼的吕碧城面对这一切变故，第一次体会到人情的冷暖，现实的残酷。12 岁的吕碧城迅速地成长，她清醒地意识到，人生能依靠的，仅仅是自己。她坚强地挑起这个一夕倾覆的家，她给父亲旧时的朋友和学生写信，四处告援，其中包括时任江宁布政使、两江总督樊增祥。

吕碧城的斐然文采，已经让樊增祥欣赏不已，此刻她的坚强果敢，更让他刮目相看。于是，他毫不犹豫地出手相救，吕母很快脱困。

吕碧城小小年纪，敢作敢为，一时让人侧目。却不想，屋漏偏逢连夜雨，12 岁的美丽少女吕碧城竟遭到了退婚！这桩婚姻是吕碧城 9 岁时，同邑一汪姓乡绅同吕父订下的。当时的吕家，门庭若市，向吕家提亲的人不少，最终吕父选择了汪姓乡绅之子。

而现在吕父刚走，汪家就来退婚。

退亲的理由让人啼笑皆非，说吕碧城小小年纪就如此果敢谋断，担心将来难以管教，生出是非。吕碧城受尽欺辱时，他们不见现身，吕家败落了，自然想另攀高枝，但还要把一盆脏水泼到吕碧城头上。

吕碧城能答应吗？当然不能。吕母恳求汪家接受吕碧城，并要她保证进门后，绝对三从四德，孝敬公婆，相夫教子。经历了世态炎凉的吕碧城，脖子一梗："我的婚事我做主，退！"决然退婚，这样的婆家，只怕汪家不退婚，吕碧城自己也要逃。

婚自然是退了。在当时女子被退婚，是奇耻大辱，吕母被气得大病一场，责怪吕碧城任性。无论她当时表现得多么倔强，多么无畏，日后思想多么激进，多么独立，她的心里还是留下了对婚姻不可碰触的阴影和不可遏制的失望。

吕碧城再次深刻地领悟到这个世界没有雪中送炭，只有锦上添花。而想要锦上添花，首先得让自己变成锦。

在吕家无立足之地的严氏，带着四个尚未成年的女儿，投奔塘沽任盐运使的哥哥严凤笙，开始了寄人篱下的生活。

这个舅舅对她们一家并不好，四姊妹都谨小慎微，甚至吃饭的时候，都不敢伸筷多夹菜。人生的任何困境，别人帮不了，唯有自我救赎，一切只能靠自己。

吕碧城暗暗发誓一定要尽快摆脱困境。

1903 年春天，机会终于来了，舅舅官署中的秘书方小洲的太太要去天津办事，吕碧城央求她带自己同往，以便探访在天津能否找到合适深造的女学堂。舅舅闻讯后，对外甥女一顿呵斥，责令其不许离开塘沽一步。

《秋日传奇》结尾有句旁白：有些人能够清楚听见自己内心的声音，他们依循着自己的内心来行事。这些人不是成了疯子，就成了传奇。

当一个人意识到她可以翱翔于天的时候，她怎么可以忍受匍匐在地呢？

20岁的吕碧城一声不吭，像一颗倔强的子弹，飞离了舅舅家，只身踏上了开往天津的火车，没有旅费，没有行李，甚至来不及与母亲和姊妹告别。

来到天津后，她陷入短暂的穷困潦倒，但这种情况并没有持续多久。很快经朋友介绍，她认识了《大公报》主编英敛之。

年轻是资本，勇气是胆量，向未来挑战，不惧艰险。这场出逃是吕碧城人生的转折点。如果没有这场出逃，她怎么会成为民国第一剩女？怎么能让英敛之一见钟情？怎么能成为被严复赏识的第一才女？怎么能被袁克文暗恋不忘？又怎么能成为陈撄宁的知己红颜？

英敛之见到吕碧城的第一眼，就惊为天人，随即力邀她搬到报馆去住。

此时的吕碧城已出落得美艳动人，连著名女作家苏雪林都赞其"美艳犹如仙"。何况她还是一个大才女，英敛之为她神魂颠倒。在和吕碧城相识的短短三天时间里，从邀请戏园看戏、乘车出游、到报社参观、照相馆拍照，以及为她购买新书、肥皂、香水等。英敛之对于吕碧城的照顾可谓无微不至。

霸气总编英敛之不顾众人反对，坚持任用吕碧城为《大公报》的编辑。男女之间没有无缘无故的照顾和提携，有才华的人那么多，凭什么他要把机会给你？何况当时《大公报》在报界有着举足轻重的地位，从未任用过女编辑。可见，英敛之对吕碧城的心仪。

吕碧城成了当时报界的第一位女编辑。当然她没给英敛之丢脸，她以绝妙的文采，睿智的思维很快征服了众人。她的一支笔，没有温柔岁月，却惊艳了岁月。提倡女权成为这支笔的箭矢。

那时，清朝还没灭亡，走出家门的女性很少，多数文艺女青年都深闺家中，写些闺密亲友间流传的小词，静静地从红颜熬成白头，从来没有一个女子以这样独立铿锵的姿态出现在公众面前，何况，她还这么美丽。所以，她很快吸引了众多男性文人、知识分子的目光。

吕碧城在《大公报》任主笔的四年间，发表了大量倡导妇女解放、尊重女权的社会杂文，这在当时男权当道的社会，如一石激起千层浪，吕碧城的名字一时传遍了京城的大街小巷，坊间的百姓都在猜测，这位思想激进、言语犀利的女编辑，到底是何方神圣？

其中，要属英敛之最为高兴，他从爱上她的颜值开始，到真正欣赏她的才气跟灵魂里的凛冽香气。

聪慧如吕碧城，当然知道英敛之对自己的爱慕，只是她不拒绝，也不迎合，若即若离吊足了英敛之的胃口，令他对她更加痴迷。

或许对于结局，男人更享受追逐的过程。

英敛之比吕碧城大 16 岁，是个温润如玉的中年男子，在当时的报界有着举足轻重的地位，不会大张旗鼓地猎女，何况英敛之的夫人也是位才女。

面对吕碧城的欲迎还拒，只能以兄长自居，看着她与其他男子笑靥如花，虽然心里不舒服，但也不能表现出来，只能借助日记排遣情思："怨艾颠倒，心猿意马！"并自刻了一枚"剑之氏"的印章，表白了当时对吕碧城的真实心迹。

很多传记记载，英敛之有家室，又是虔诚的天主教徒，不会在感情上出现太大偏差。其实并非如此，中年男人渴望激情，更渴望新鲜刺激的感情，激活他们日渐麻木的生活与早已没有新鲜感的情感。何况当时还是一夫多妻的制度，有身份有地位的英敛之更没必要克制自己的感情。

其中有段关于英敛之和吕碧城的记载，英敛之的夫人在吕碧城来了之后，竟提出出国留学。可见当时她已窥出两人的端倪，于是决定远走异国，眼不见心不烦。

父亲离世后，事态的炎凉和八年寄人篱下的生活，让吕碧城过早地清醒，对爱情更没有梦想跟迷信。天津之行，让她从夹缝里求生存过渡到可以肆意地生活，除了文采斐然，容貌出众外，还有她的长袖善舞。

她一边对着英敛之的好照单全收，一面积极整合周围的资源，结识了梁启超、袁克文等人，并成了教育家严复的学生。按照马太效应，吕碧城的交际范围像滚雪球一样扩大，她身着艳丽服饰，出席各种聚会，与高层精英男士觥筹交错，把酒言欢。

她一边提倡女权，一边借助男性力量，实现自己的理想。

随着她交际范围的扩大，视野的开阔，英敛之再不是她眼里的遮天蔽日的大树。很多情感励志文教导女人，爱情需要仰视，能让你的世界更完美的男人，才是真正的良人。何况在吕碧城这种姑娘眼里，爱情更需要仰视。英敛之曾是她落魄时的伯乐，但今非昔比，找到了自己的平台的吕碧城破茧成蝶，艳光四射，才气逼人，是众多精英男士竞相交往的女神。

虽然这些在她眼里只不过是锦上添花，但她终于实现了12岁时的梦想，让自己变成了锦。

### 好聚好散，是对爱过最好的尊重

北洋师范学堂是一所名校，曾经培养了邓颖超、许广平等一批女中精英，是很多新女性的梦之天堂。

而吕碧城就是这所学校的校长，是中国近代最早的女教育家。当然创办这所学堂，也要得益于英敛之的支持和帮助，他除了在《大公报》上不遗余力地写广告，还介绍她与袁世凯等重要人物认识，为她打通了进入天津文化界、教育界的道路。

爱一个人，就是以她想要的方式去成全她的希望的人生。

英敛之在这段感情里，投入很彻底，但他也不是圣人，也希望有回报，而此时的吕碧城，忙着开办女学，忙着交际，忙着装扮……已无暇顾及英敛之的感受。

男人认为，女人打扮是为了取悦他们，这是科学。而女人却认为这是动物本能。

"女为悦己者容"不是吕碧城的价值观，她的价值观是"女为悦己而容"。

　　她是天生外貌协会的，喜欢一切美丽的东西，除了衣服，还
包括男人。

　　她犹如一个艳光四射的华丽女王，烫着时髦的鬈发，涂着艳
丽的口红，拖曳着长长的孔雀羽毛，摇曳生姿。而这却引起了英
敛之的不满。

　　有趣的是，当英敛之初见吕碧城时，这种着衣风格曾让他觉
得耳目一新，并赞叹她是一个有独立自由人格的女子。

　　而现在，他的喜爱变成了他的不满，看着她每天打扮得那么
招摇，身边围绕着那么多狂蜂浪蝶，他的心犹如被酸雨浸泡。在
规劝无果的情况下，英敛之竟在《大公报》上写文含沙射影地批
评吕碧城，当然吕美人也不是省油的灯，马上出文反击，舆论哗然，
让英敛之颜面尽失，尴尬至极。

　　可见古往今来有很多像英敛之这类叶公好龙的文艺男——不
喜欢寡淡的女人，喜欢有思想的才女，真给他们来一个，他们又
承受不起。天地良心，艺术史上可没有这样的才女，又有思想，
又顺服。才貌兼备的女子，没有一个是省油的灯。

　　吕碧城和英敛之闹掰还有一个原因，是她妹妹吕美荪的介入。

　　吕美荪和吕碧城一样都是才气逼人、个性张扬的女子。吕美
荪是个《浮生六记》里芸娘式的人物，在上海时，她曾女扮男装，
和友人一起去妓院拜会著名的妓女李平香。不知道是太俊美，还
是露了馅，总之她会被妓女们热情地围观。吕美荪和李平香从此
相识，开始诗词书信来往，并把这段友情维持到了晚年。这段情
谊世间难得，令人动容。

　　英敛之认识吕美荪在吕碧城之前，只是没有什么交集。后来

吕美荪来天津，或许是为了刺激吕碧城，他竟带着妻子一起热情地款待了吕美荪，并且经常和妻子一起邀约她来家谈诗论画。英敛之的妻子也是个来事的主，故意当着吕碧城的面夸赞自己和老公如何欣赏吕美荪的才华和性格。

相信再大度的女人也经受不住这样的挑拨，吕碧城和妹妹的芥蒂越来越深。而罪魁祸首英敛之竟扬扬得意，以为吕碧城会示弱，主动向自己示好。谁知他这是搬起石头砸了自己的脚，本就对爱情没有多少信心的吕碧城，对英敛之越来越冷淡。

当然，吕碧城对英敛之冷淡，还有一个原因就是袁克文的介入。袁克文有才有貌，权势显赫，家底雄厚，父亲是当时风头正劲的袁世凯，典型的名门贵胄。

有了袁克文鞍前马后地为吕碧城效劳，英敛之再怎么折腾，都难以激起她心里的涟漪。

让英敛之和吕碧城彻底决裂的，则是她发表在《大公报》上的那篇《百字令》。

1908年，慈禧老佛爷崩逝，在朝的文武百官慌作一团，不知如何是好。慈禧驾鹤归西，大清国好像被抽掉了脊梁骨。为了让众人安心定神，有个信奉鬼神的大臣出了一个主意，提议在万寿山排云殿挂上老佛爷的画像，祈求慈禧的魂灵保佑大清的江山延绵不断。

这个朝政八卦一经传到民间，当时号称"华北第一报"的《大公报》登出了批判慈禧乱政的奇文。该文标题叫作《百字令》，此文一出，让摇摇欲坠的大清国朝野震惊。此文的作者便是吕碧城，她据文手绘了慈禧的画像，漫画中的慈禧丑态百出，令人捧腹。

吕碧城在词中斥问慈禧,把政大清五十年,把泱泱中华搞得一塌糊涂,割地赔款,卖国求荣,年年如此。这样的人死后,一定羞于见吕后和武则天。《百字令》在京城大街小巷广为传诵,竟出现了"到处咸推吕碧城"的盛景。

当时的大清政府极为震怒,极力压制民间舆论的蔓延,但民心和舆论就像乘风的火苗,越想扑它就蹿得越高,竟然成了大清的新闻头条。当时的直隶总督袁世凯甚至要下令追杀吕碧城,当然最后被痴迷吕碧城的袁克文阻止了。

关键时刻,英敛之却急于撇清关系,生怕吕碧城的个人言辞牵连《大公报》。吕碧城一向敢作敢当,义无反顾地辞去了《大公报》编辑的职务。

他是她的伯乐,曾经慧眼识珠。他是她的兄长,曾经极力呵护。只可惜,最后两人形同陌路,老死不相往来。


## 想念,却不会再见的人


吕碧城与袁克文的相遇,犹如孤寒夜深里的壁炉,温暖着她那颗始终与尘世保持着距离的心。生活里温暖无处不在,而唯有落魄后的那抹阳光格外清新,格外璀璨。

袁克文是袁世凯的二公子,也是他最喜爱的儿子,不仅长相出众,而且才华横溢。

1890 年,袁克文在韩国首尔呱呱坠地。母亲金氏是城中有名的贵族,与北洋军阀中极具盛名的重臣袁世凯结缘婚配,享尽了荣华富贵。金氏产子时，据说遇到一件奇事。临产前她和丈夫袁世凯各得一梦——朝鲜王牵豹送子，豹入金氏腹中。南柯一梦，却与古书上"奇人降世，必有异象"不谋而合。为此袁世凯特别取了"豹纹"之意，按字辈和谐音，给二公子取名"克文"。

这时，我不禁想到《芈月传》里，芈月出生时，也是"天有异象"，只可惜她这颗"霸星"是女孩，不仅不得宠，还被称为"妖孽"，一生命运多舛。可见，古往今来，无论如何倡导女权，依然是男权占主导地位。即使后来芈月苦尽甘来，也是靠身边的那些男人才能称霸天下。只不过，芈月比袁克文幸运，她是先苦后甜，而袁克文则是先甜后苦。当然，这些是题外话。

由于当时碍于清政府外使臣不准娶纳异国妻妾的规定，袁克文刚出生就过继给了袁世凯的大姨太沈氏。沈氏膝下无子，二公子又是地道的混血儿，模样长得讨喜，沈氏对他百般呵护，千般宠爱。

当然，宠爱归宠爱，大家族里读书受教育的门风却行的丝毫不差。他6岁识字，7岁读经史，10岁便会写文章，14岁已粗通诗词歌赋，15岁时，已是相貌堂堂的翩翩公子，并以"寒云公子"的别称自居。都说官宦子弟难脱公子哥气息，袁克文也不例外。自从被大哥袁克定带去烟花之地，京城便又有了许多香艳的故事。诸如纵情声色的袁二公子，为博红颜一笑不惜一掷千金……

如果没有那次给慈禧拜寿，袁克文依然过着"万花丛中过，片叶不沾身"的快乐生活，而那次拜寿却终结了袁克文潇洒的单身生涯。

那年，袁世凯上任直隶总督，曾带着爱子袁克文给慈禧太后拜寿。当时，袁克文刚满十六岁，慈禧见他英俊不凡，便想将自己的侄女许配给他。袁世凯是何等精明的人，担心这桩婚姻会挟制住自己，连忙谎称小儿已订婚。

袁世凯回到天津后，生怕此事败露，落下欺君之罪，连忙暗地打听，为袁克文物色亲事。由于事情紧急，也顾不得挑三拣四，袁世凯便选中了天津一个候补道刘尚文的女儿。这个刘尚文是安徽贵池人，是经营长芦盐的富商，早年即在天津置办房产，并捐得官阶。袁世凯上任直隶总督后，刘尚文常来孝敬，袁世凯对他的印象颇佳。

刘尚文的女儿刘姌，字梅真，不仅相貌柔美，性格贤淑，而且还写得一手漂亮的小楷，且工于诗词，熟悉音律，弹得一手好筝，填有一卷《倦绣词》行世。

媒妁之言后，刘家特地把刘小姐的诗词书法送至袁府，袁克文看后大为赞赏，颇有知音之感，于是取了一把少时从朝鲜带来的折扇，提诗作画为礼。他画的，便是一枝梅花。于是，这门亲事就这样定了下来。

婚后，刘姌为袁克文生了两个儿子，一个女子，她年长袁克文一岁，如姐姐对弟弟一般体贴备至，对两位婆婆也非常孝顺。两人如此琴瑟和谐，令袁克文的表弟张镇芳羡慕不已，也不管吉利与否，竟将他们比作赵明诚和李清照。有一位江南苹女士，更为他们镌了一方《俪云阁》，祝愿他们恩爱白头。

但是，袁克文却不是一个合格的丈夫，风流恐怕是他平生的第一特征。他的精神气质与宋朝词人柳永极其相似，他去世后，也如柳永一般，有一帮青楼女子前来哭灵。

婚后，袁克文向父亲袁世凯提出要出去做官，袁世凯也觉得二公子是做官的料，所以设法在法部给他谋了一个员外郎的差事。

也就在这一年，袁克文结识了他最为倾慕的红颜知己吕碧城。

最初他是被她的一部《晓珠词》所吸引，后来在《大公报》上看到她写的文章，文笔辛辣，言辞大胆，对于她崇尚新革命的思潮也倍加赞赏。

袁克文到法部供职后不久，就看到了浙江的奏报，知道吕碧城被卷进了秋瑾一案，于是，决定救她出狱。他将此事告诉了父亲，不想袁世凯也是吕碧城文章的粉丝，当即说道："若有书信来往就是同党，那我岂不是也成了乱党？"一句话，让吕碧城就此脱罪，也让她与袁克文结下了不解之缘。

其实，吕碧城和秋瑾何止是书信来往，她们还是惺惺相惜的闺密。

吕碧城和秋瑾的相识说来还是一段趣事。当时，有着"鉴湖女侠"之称的秋瑾常用笔名"碧城"写一些诗文发表。而吕碧城也在自己的阵地《大公报》发表大量诗文，秋瑾看到另一个取名"碧城"的佳作连连，不由得心生羡慕，随即成了吕碧城的粉丝。后来秋瑾去日本留学前，还特地去《大公报》拜访时任副刊主编的吕碧城。

多年后，吕碧城依然清晰地记得初见秋瑾时的情景。

当时的秋瑾头上盘着一个发髻，全身男子打扮，穿一件长袍马褂，像个风度翩翩的公子哥。吕碧城顿时被她吸引，两条女汉子像多年未见的闺密，相谈甚欢，竟有些相见恨晚的感觉。秋瑾自知才华不如吕碧城，就弃用"碧城"的名号，只称"鉴湖女侠"。

不久，秋瑾便东渡日本。到了日本还不忘给她写信。后来，吕碧城将秋瑾的两封信都刊发在《大公报》上，可见两人情谊深厚。1907 年，秋瑾回国，第一件事就是邀请吕碧城一起创办《女报》，然而那年七月，秋瑾因为徐锡麟暴动一事被捕，很快被衙门杀死在绍兴古轩亭口。秋瑾死后，因无人敢收尸，吕碧城做出了惊天动地的壮举，竟冒着被牵连的风险，去安葬了秋瑾。

秋瑾就义后，中国的报业界顿时成了哑巴，吕碧城很气愤，她随即用英文写了一本《革命女侠秋瑾传》，刊登在美国纽约、芝加哥等地的报纸上，引起很大反响，这也导致了她最终被捕。而正因为吕碧城的被捕，袁克文才能以骑士的姿态出现在她面前，守护她的万丈光芒。

那年，吕碧城 24 岁，袁克文 17 岁。

吕碧城张扬的美，肆意的才情，不拘的性格，深深吸引着袁克文。她和他认识的那些女子是那么的不同，他喜欢和她在一起的时光，把酒言欢，内心喧嚣。

面对这个颜值高、家境好的贵公子，吕碧城不是没有动心，而是不敢动心。

吕碧城在袁克文身上感受不到安全感，他之前的风流韵事她也有所耳闻。他内心不够成熟，面对莺歌燕舞，也不懂得拒绝。

而且她知道袁克文已婚，娇妻貌美贤惠，且家境不俗。他不可能舍弃正室，排除万难来娶自己，而她这样的新式女子也断不会做别人的姨太。

从小看尽世态炎凉的吕碧城，最缺乏的就是安全感，虽然这么多年，她一直告诫自己要像汉子一样活着，但哪个女人不希望能有一个让自己放下所有戒备的怀抱呢?

而判断一个男人的安全感,不仅要看他对你有多么好,还要看他敢于为你舍弃什么。

吕碧城很清楚,袁克文不可能为她舍弃一切。

她在他眼里,犹如一朵红玫瑰,热烈艳丽,却带着刺,让他靠近,却无法采摘。正因如此,他更加欲罢不能。

不久,辛亥革命爆发,袁世凯成为临时大总统,需要任命一位总统府的机要秘书。为了有更多机会见到心目中的女神,袁克文再三推荐吕碧城,她因此成了当时地位最高的女性官员。

然而,正当吕碧城踌躇满志、想要大展身手时,袁世凯露出了称帝的野心,有着真知灼见的吕碧城,已预见袁世凯称帝终将是一场闹剧,于是不顾袁氏父子的挽留果断辞职,携母移居上海,正式进入商海打拼,从事贸易。

吕碧城此番离京经商,用现在的话说,等于是高干下海,通达的人际脉络、绝美的公关面孔、超强的经营智慧,吕碧城可谓全副武装,短短几年,她就积累了大量的财富,从此衣食无忧。

稳定的经济基础,让吕碧城在男权社会里,活得肆意潇洒。

只是她不知道,她来上海经商之初,袁克文担心她吃亏,曾要黑社会暗中照应。

与吕碧城的春风得意相比,袁克文在袁世凯倒台后,过得穷困潦倒。

20世纪20年代,袁克文落魄沪上,靠卖字卖书为生,吕碧城知道后,要朋友带话,要去见他。袁克文却摇头,再摇头。

等吕碧城赶到他的住处时,他已仓促地离开了上海。

他不是不想见她，只是他不想在自己落魄的时候见她。他在最好的时候认识她，他要把最好的回忆给她，他不要做她心底的一摊污渍，他想做她心底的一枚刺青。

在这间袁克文住过的简陋屋子里，吕碧城不禁泪盈于睫。

书上说："别去打扰那些已活在你记忆中的人，也许这才是最适合你们的距离。"她终究没有去天津找他。

不久，袁克文在天津去世，他和她再无相见。

## 她的幸福，与他们无关

吕碧城认识严复是在《大公报》任职期间，他比吕碧城大 29 岁，留过英，是早期的思想家和翻译家，才识渊博。最初吕碧城被他的才学折服，主动拜他为师。严复也很欣赏这位聪慧美貌的女弟子。

随着交往的深入，严复对吕碧城由最初的欣赏，渐渐发展成爱慕。

严复的婚姻不算圆满，原配早逝，小妾目不识丁，又不善解人意，无法与严复夫唱妇随。以严复的家世，金钱从来不是他匮乏的，他匮乏的是情感。他遇到了美丽独立、才华出众的吕碧城，该是怎样的一种喜爱？

他思想传统，却又向往像吕碧城这样的新女性，以激活他苍老身体里的男性荷尔蒙。

从未写过艳诗的严复，甚至为吕碧城写过一首《秋花次吕女士韵》，诗里大量引用《九歌》《离骚》中的典故，表达他对 25 岁还未找到情感归宿的吕碧城的怜香惜玉之情。

他还故意试探她"劝其不必用功，早觅佳对"。

吕碧城是何等聪慧的女子，怎会不知严复对她的别样情愫？

她四两拨千斤地自嘲道，生平可称心的男人不多，梁启超早有家室，汪精卫太年轻，诸宗元年近不惑，都不般配。

其实，她的意思已经很明白了：你年近不惑又有家室，肯定不在我的考虑范围内！

才高八斗的严复怎会不明白吕碧城的意思，只是他厚着脸皮装作不知，甚至又写了一首"答某女士"更加肉麻的情诗。

吕碧城视若无睹，依旧以师生之礼相待。

那年，严复 54 岁，长期卧榻吸食鸦片，身体每况愈下，却妄想得到吕碧城的垂爱。

即使得到她的爱又如何，就他这年龄和身体，有福消受吗？

不是每个男人都有幸拥有一段忘年恋，好吗。

56 岁那年，严复抱着对吕碧城爱而不得的遗憾病逝。

费树蔚也曾是吕碧城的绯闻男友，他才情斐然，是吴江望族，年貌与碧城相当，只是相遇时，他已娶妻，与袁世凯的长子袁克定同为吴大澂的女婿。

费树蔚在《信芳集序》中写道：予识碧城垂二十年，爱之重之，非徒以其文采票姚也。写出这样的深情诗句，可见吕碧城在他心中是何等珍贵。

他爱慕她，却只敢在文字中表达。爱，是尊重。吕碧城是他心中的女神，只能仰视，不可亵渎。男女之间是不可能存在友谊的，有的只是爱恨情仇。然而，他却只能披着友谊的外衣，与她精神相守。

吕碧城一生桃花缘不断，却曲高和寡，难以遇到匹配的人。

她要求的身与心两部分的一对一，在任何时代任何社会，都太少。她就像现代都市里呼风唤雨的女金领：事业极大成功，才情样貌一个不缺，可论及婚嫁，她能看上的人，实在有限，偶尔几个入得了法眼的，却都是"使君有妇"。

因爱无所释，她开始移情宠物——养一对芙蓉鸟、一条宠物狗，珍爱万分。有次，狗被洋人汽车轧伤，她甚至请律师同肇事者交涉，送狗进兽医院才罢休。

后来，平襟亚在其主编的报刊上刊载了《李红郊与犬》一文，吕碧城认为其含沙射影，侮辱她的人格，便要状告平襟亚。平襟亚知道吕碧城的厉害，忙躲到苏州，化名隐居。吕碧城找不到他，便登报追缉，声称谁捉到平襟亚，便以所藏慈禧太后亲笔所绘花卉立幅为酬，轰动一时。

单身，不仅需要勇气，更需要底气。

关键时刻，人都可以迸发勇气，底气却无法一蹴而就。它需要资本，并非人人都有资格拥有。而吕碧城却拥有足够的底气，她无须在意别人的目光，肆意地活出自己的风采。

幸福是冷暖自知的事，她的幸福与别人无关，只与自己有关。

张嘉佳说，过自己想要的生活，上帝会让你付出代价，但最后，这个完整的自己，就是上帝还给你的利息。

吕碧城这个走红文坛、政界和商界的白富美，活出了一个完整的自己。

　　她参加世界动物保护委员会，断荤食素，创办中国保护动物会，游历讲学，倡导动物保护。无论走到哪里，她都特别注重自己的仪表和言行，她要让世人领略中国女性的风采。

　　认识道家领袖、仙学创始人陈撄宁后，她又开始学道，在道学中寻找生命的真谛。

　　1930 年，吕碧城正式皈依佛教，在家里修行，法名曼智，人称宝莲居士。在吕碧城的公寓里，墙上悬挂着一幅硕大的观音像。吕碧城在像前俯身膜拜，表达自己的虔诚之心。每天早晚，她缟衣素颜，净手焚香。她停止了诗歌创作，开始了译经之行。

　　1943 年，吕碧城在香港去世，临终前，她作自挽诗："护首探花亦可哀，平生功绩忍重埋？匆匆说法谈经后，我到人间只此回！"

　　她遗命火化，和面为丸，投放南海，与水结缘。她一辈子都这么清醒冷冽，直达目的。

　　吕碧城这个民国奇女子，前半生热烈张扬，后半生平静如水，为世人哀叹，却活得肆意潇洒，她不需要男人，却不缺少爱情，她是顶着剩女头衔的才子收割机。

董竹君：

此生谋爱亦谋生

好友从上海来，我请他在一家川菜馆吃饭，他跟我聊到了上海的川菜酒店，然后就谈到了历史悠久、享誉海外的锦江饭店。

1935 年 3 月，上海法租界大世界附近的华格泉路，新开了一家"锦江川菜馆"。川菜馆门前的马路上，里里外外围了三层人，交通为之堵塞，临街的居民打开窗户，伸出头向饭店里张望。

是谁这么大的架势？原来，青帮大佬杜月笙正坐在饭店影壁前等位，周围站着五六个保镖。充满八卦精神的市民们都想一睹这位大佬的风采。

"黑帮老大等位子"本来就是爆点话题，再加上饭店老板的传奇经历与特殊身份，青楼卖唱女、都督夫人……锦江川菜馆一开始就赚足了眼球。

而这个被市井百姓谈论最多的女人，就叫董竹君，堪称民国的一道传奇风景。

### 天生丽质，出自凡尘

1900 年，上海洋泾边，沿马路坐南向北一排破旧的矮小平房里，租住着一户拉黄包车为生的人家。这家人，添了一个漂亮的女儿，为这污水横流的贫民窟增加了一丝生气与希望。

这洋车夫本来姓东，后来改姓董，他就是董竹君的父亲。董竹君的母亲在有钱人家里帮佣，脾气比较急躁。在董竹君出生后，父母还生了一个弟弟，但因为生病很快夭折了，董竹君是他们唯一的女儿。

因为遗传了父亲的高颜值基因，董竹君天生丽质，再加上她聪明伶俐，冰雪可爱，年龄虽小，但非常会察言观色，小小的她人缘很好，邻居们都叫她"小西施"。

"小西施"的童年很难有什么色彩，贫穷是她唯一的回忆："家里经常素食，即使是青菜、萝卜，也只买得起下市的便宜货。父亲挣着了钱，就会买点酒菜回来；如果生意不好，就会空着手回家。母亲则一面埋怨，一面安慰父亲。有时，母亲也会禁不住发脾气，嘴里叫苦连天，喊穷喊冤，常常连我一起骂。"

因为夫妻俩识字少，所以不想女儿再过这样的生活，他们节衣缩食，把董竹君送到了私塾念书。那是童年的董竹君最幸福的时光。每天早晨起床后，她就伸手去摸摸桌子上有没有几枚妈妈留下的铜钱，如果有，她就知道，当天的点心钱就有了。董母一般都会按时放上铜钱，小竹君失望的时候很少。

董竹君父母的行为，影响着她对婚姻与子女的态度。她不顾丈夫的阻拦，独自跟生病的女儿住在一起长达40天，衣不解带地照顾女儿；在离婚后，即使是做女佣，也要让女儿念书。

就是这短短的几年私塾时光，给了董竹君最初的文化与思想启蒙。这让她即使是身处妓院那样的浮华泥淖中，也保持着一份清醒，没有随波逐流地放任自己。

董竹君13岁时，她的父亲生了一场大病，病愈之后身体虚弱，无法再拉洋车。她的母亲即使外出做工，也无法养活一个女儿和一个病人。父母只好跟她商量，把她押到长三堂子（妓院）里3年，换点钱缓解家用。尽管董竹君极不情愿，但现实的迫切，已经容不得她有另外的选择。父母最终将她以300大洋抵押给长三堂子3年，卖唱不卖身，只陪客人清谈，被称为"清倌人"。

所幸，董竹君的母亲选定的这家长三堂子，属于豪华精致的高等妓院，其往来宾客非富即贵，言谈举止异于凡夫俗子，更有着绝妙的处世之道。可以这样猜测，上私塾，使董竹君有了文化启蒙；进长三堂子，才令她真正开眼界，观世界，识百态。所以，后来年幼的她面对夏之时的求婚时，能提出让后人称道的"三个条件"，也就不足为怪了。

在长三堂子里，未成年的姑娘是不接客的。不要以为是老鸨心善，他们是要等姑娘卖唱红了，接客时才能开出高价。

长三堂子里，心有不甘的董竹君，由于心情抑郁，几乎从来不笑。客人们给她起了一个绰号叫"不笑的姑娘"，这反而令她更受关注，加上她长相出众、嗓音又好，水牌总是写得满满的，竟然很快成了老板的摇钱树。有些客人，甚至慕名过来就只是为了一睹芳颜。

尽管成了头牌，董竹君却丝毫开心不起来。她一直盼着赶紧熬过这三年，好与父母团聚。照顾董竹君的孟阿姨一语点醒了她。原来一旦进了妓院，几乎就不可能再走出去，即使抵押期满，妓院也会使用各种手段，把人留在妓院。

孟姨告诉她，一定要在接客之前找一个好人嫁出去。


## 恰是两情相悦时恨亦难

当时的同盟会革命党人，为了躲避袁世凯的耳目，常到妓院里面来密会谋划。这群人引起了董竹君的注意。他们都是二三十岁的年轻人，聚在一起，谈论的都是国家大事；偶有机密事，三三两两地耳语一番；对堂子里的姑娘的态度，也与其他客人明显不同。他们嘴里说的孙中山、三民主义、推翻袁世凯等字眼，董竹君的父亲以前也偶尔提及，她对此并不陌生。这些青年表现出的崇尚人与人的平等相处，民族自强，同情穷苦的底层劳动人们，让董竹君对他们有一种天然的好感。此外，他们经常讲的日本见闻，让董竹君对日本很憧憬。

在这群革命党人中，有三个人很喜欢董竹君。一个姓井的看见她就脸红，另一个柳姓的苏州公子，甚至拿枪威胁董竹君，要她嫁给他。

还有一个就是四川都督夏之时。夏之时出生于四川望族，他在日本留学期间，加入孙中山领导的同盟会，武昌起义时，他在四川成都龙泉驿带兵响应，推翻清朝后被选为四川省的副都督，那年他才二十四岁。但他急流勇退，辞去职务，想去日本继续深造报效祖国。行经上海时，夏之时再会孙中山。"二次革命"失败后，夏之时与革命党人躲避在长三堂子里，共商讨袁计划。

夏之时在日本留过学，带过兵，起过义，年纪轻轻就做了四川都督。董竹君与夏之时的故事，似乎是美人爱英雄的经典桥段。但其实，夏之时从不跟董竹君开玩笑，他询问董竹君的身世，鼓励她多读书，并承诺有机会一定让她去日本读书。

那时的夏之时是典型的暖男一枚啊，嘘寒问暖，各种关心，董竹君一心想跳出火坑，夏之时也成为她的希望。然而，很快，董竹君得知夏之时已经结婚，当下就心灰意懒。她不愿意当妾，除了她骨子里的傲气之外，她更明白那些从青楼里出来当妾室的惨淡人生。于是，她对夏之时逐渐冷淡。

好在孟姨有心，多番打听后得知，夏之时这个正室是乡下人，父母做主的婚事。两人结婚不久，夏之时就去了日本，很少见面，现在那女人又是肺痨危险期，虽然他们育有一子，但孩子尚小。

这些话虽然让董竹君心宽，但仍然有一丝芥蒂，就连夏之时的求婚，董竹君婉言谢绝，让他再等等。直到看到夏之时妻子去世的电报，董竹君和夏之时才正式确定恋爱关系。


### 前往日本为爱为自由

正当董竹君沉溺于幸福爱情时，夏之时突然失踪了。当时外面也很乱，袁世凯到处在抓革命党人，有些人流亡到海外，有些人躲在英、法、日租界里。夏之时就躲在日本租界里，不能出来。

董竹君决定去看看夏之时，一进门，夏之时就抱住她痛哭，一句"我好想你啊"彻底软化了董竹君的心。她才知道，袁世凯悬赏三万大洋要夏之时的人头，他必须尽快去日本避难，否则随时有生命危险。

夏之时此时要董竹君嫁给他，一起去日本，但是董竹君总是疑心夏之时是不是骗她，让她做小老婆，又不让她上学。夏之时呢，见董竹君不相信自己，也很痛苦。总之，这次见面不是很愉快，董竹君最后摔门而出。

一个快要死，一个快要被接客，都是十分危急的当口，董竹君还有闲心生个气、摔个门，可见她的脾性不是一般的大，换作一般女子，这个时候不是该哭哭啼啼要死要活一起走的吗？

按照一个我们能理解的故事来发展，后面的情节应该是这样，夏之时好不容易搞到去日本的船票，却久久不见董竹君回信，迫于局势的紧迫，只好独自逃亡日本。

然而并不是！夏之时居然不肯去日本，而是留在上海等董竹君。这可急坏了夏之时的哥哥。夏之时的哥哥托人去找董竹君，告诉董竹君：夏之时因思念她而生病，现在风声这么紧，夏之时必须马上去日本，请董竹君两个礼拜之内务必去见一见夏之时，他哥哥已经同意他们结婚了。

董竹君这才去见夏之时，夏之时一见董竹君，又一顿痛哭。一个铮铮铁汉，见女人就落泪。可真应了那句俗话，英雄难过美人关，也许这是夏之时的初恋也不可知。

原来这些日子，夏之时已经派人去找老鸨打听董竹君的赎身价，老鸨要三万，夏只有一万，老鸨又不肯松口。董竹君当时气愤得很，觉得长三堂子真是太会欺压人，即使有钱她也不会让夏之时拿钱赎她，她要自己想办法逃出来。她跟夏之时说："你一文钱不要出，等我两个礼拜。我又不是一件东西，以后做了夫妻，哪天你一不高兴就说，你是我花钱买的。那我可受不了。你一个铜板都不能花，要是花钱买，我就不跟你结婚。如果你答应我几件事，我会想办法跳出火坑，如果你不答应，就是你出钱，我也不出来。"

这三件事是：第一，不做妾；第二，送她到日本，让她念书；第三，从日本读书回来，组织一个好家庭，她来当家。

提出这三个条件的时候，董竹君只有 14 岁，差不多是小学刚毕业的年纪。尽管人们都说夏之时大男子主义，夫权思想严重，但他接下来做的事情，却令人感到困惑。

以他的身份和地位，以及当时性命攸关的时刻，他没说也没做这样的事情："我人头都不保，还要为了你这个青楼女子再冒几天的险，居然还要答应你这么多条件，真是可笑极了，你爱走不走！"

夏之时竟然很尊重董竹君，并且答应了所有的条件。在那么危机的关头，他居然在日租界又窝了两个礼拜。

他冒险留在上海，等待董竹君逃出妓院。堂子也有所觉察，就派人盯梢，使她难以脱身。外面风声很紧，再不走夏之时随时都有被捕的危险。一天夜里，她终于设计骗走了看守她的人，逃了出来，她逃出来的时候什么珠宝首饰、衣物都没带，她后来也从不爱用珠宝首饰装饰自己。

尽管全家人和身边的朋友都极力反对，夏之时还是在日本跟董竹君结了婚，那年他27岁，她15岁。

## 相爱容易相处难

夏之时将董竹君送到东京女子高等师范学校读书，而他则在东京参加中华革命党，继续投身于革命之中。

董竹君和夏之时在日本这段生活记载很少，她本人的自传中也没有提及，只是知道他们的大女儿国琼在日本出生，她时常寄生活补贴给父母。

1916年春末夏初，由于袁世凯称帝，蔡锷在云南起兵反袁，夏之时也奉命回国参加护国军。临行前，他给了董竹君一把枪，叫她防贼，若是做了对不起他的事，则用它自杀。除了给枪以外，夏之时还急召在上海南洋中学读书的四弟到日本陪二嫂读书，监督她的行动。

董竹君聪明漂亮，她在日本，应该也有不少流亡人士喜欢，窈窕淑女，君子好逑嘛。即使她是人妻，可能也有不介意的。之前的那个暖男之所以变成现在这样，是因为爱她太深，变成了占有欲极强的霸权动物，担心自己走后董竹君会被其他人吸引，所以才会出此下策吧。

这种不信任的做法，让董竹君非常气愤，但因丈夫是回去参加革命讨袁也就忍耐不再争辩了。

随着袁世凯的病死，夏之时迎来了他事业的第二个顶峰，他率贵州游击军两营进驻合江，部下 3000 人。

这两年内，董竹君都在东京上学和照顾孩子，家中也时常有男女留学生来串门，国事讨论不绝于耳，董竹君对自由、民主、男女平等的生活向往更甚。

夏之时在四川带兵，两人相安无事。1917 年，见大局已定，不会有什么大的战乱，加上夏之时父亲突然病危，夏之时让分别两年的妻子带着孩子尽快回国。

同年，董竹君从东京御茶之水女子高师毕业。当时她正在补习法文，计划前往巴黎留学，突然收到让她回国的电报，内心也极其矛盾。但为顾全大局，董竹君最终还是选择回国。更何况她当时也没有任何经济来源，独自去法国也不现实。

这里又一个与常理不符的地方。相爱至深的两人，分别两年，肯定是要急着相见的，但是董竹君显然没有那么急迫。所以从这个小细节也可以看出，郎情亦浓，妾意已淡。他们之间发生了什么，目前已无可考证。也许是像天下所有的夫妻一样，生活琐事已经挤占了爱情的空间吧。


### 被认可的媳妇也有宅门怨

董竹君从日本回来先到重庆住了一阵，夏家派一个丫头来照顾她。这个丫头向她讲述了夏家的情况，并告诉她，回去一定要小心，家里上上下下的人都合计着要整她，夏之时之前的老婆就是被他们气死的。

　　董竹君思忖一番，给家里有头有脸的人都备了一份礼物，回家之后人手一份，很多人的态度缓和很多。夏之时也很满意她这种行事方式。

　　两三年未见，夏之时的变化却是令董竹君吃惊的。夏之时驻地的资金，全出于对当地百姓的苛捐杂税上，如果百姓交不出税，就去破坏他们的营生。这样的行为与之前那个革命军夏之时完全不一样，与长三堂子里那个谋划推翻旧统治的夏之时也不一样，与那个在日本参与孙中山革命运动的夏之时更不一样。这让董竹君有些失望。

　　尽管夏之时在政治抱负上有些变化，但他对董竹君的爱却如一。夏家因嫌弃董竹君的出身，曾要求夏之时休掉她，实在不行娶两个大老婆也行，都被夏之时拒绝了。董竹君感念丈夫的照顾，在夏家凡事忍耐为先，以大公无私的精神处理，宁可自己吃亏，每日跟着夏家媳妇们勤劳地操持家务。董竹君聪明能干、知书达理，加上夏之时是家里的重要经济来源，上上下下对董竹君的态度开始转变。

　　不久，夏之时的继母和大哥为夏之时和董竹君重新举办了婚礼，夏家正式接受了董竹君。

　　尽管在封建大家庭里的日子如履薄冰，董竹君小心翼翼地过得也算顺当，但在她内心并不能接受这个传统的封建中产阶级家庭。就连他们的第二次婚礼，董也觉得备受束缚，她认为自己的婚礼不应该由任何人来决定。

　　而她跟夏之时之间也时有摩擦。本来夫妻之间小磕小碰难免，但怕就怕总是触及对方的敏感线。

一次夏之时生了骑马疮，发高烧，想要大便但又不能用力，不能招风。董竹君就拿着便盆钻到被子里，捧着便盆等夏慢慢大便完，臭气闻久了，觉得头晕，就到走廊上呼吸新鲜空气。正巧一个卫兵过来，向她敬礼，并询问夏之时的病情，董竹君就简单聊了几句。

谁知，一进房，夏之时就破口大骂："我还没死，你就七搭八搭了。"董竹君当时气上心头，但看在夏之时生病，便又忍了下来。这让董竹君想起了日本的那把枪，夏之时无论如何不可能信任她，就是因为她的出身不好，也不可能对她平等相待，总是把自己想成是他的一件物品。这让董竹君非常痛苦。

两人的矛盾，在夏之时失去官职之后开始恶化。此时董竹君在夏家已经站住了脚，开始不掩饰自己的脾气。两人果然像之前朋友说的那样，都是火暴脾气，没事就吵架。

董竹君觉得丈夫看不起她，不喜欢她生的四个女孩，平时让她言听计从。而夏之时却认为自己事业不顺，家庭又被妻子瞎闹搞成这样，更深感当时娶错了人。当时四川大户人家多抽鸦片，夏之时郁闷之下也开始抽大烟，又跟着大哥信起了佛教，天天窝在家里，很少出门。

而董竹君却不停地看新书，接受新的思想，她自己在封建大家庭里面的体会，以及身边官太太们谈资中，总少不了哪个女的被哪个当官的看上，哪个女的又被嫌弃害死的故事。她深知整个社会都有病，而女人如果经济不独立，就永远谈不上独立。

夏之时赋闲在家，夏家的营生主要靠收地租维持。于是董竹君就以帮助家用为由，经夏之时同意，在自家后院开办了"富祥女子织袜厂"，还成立了一个出租黄包车的"飞鹰公司"。女子织袜厂是以帮助女子自立的出发点办的，工人都是附近贫苦人家的女孩，黄包车公司是她看到父亲拉一辈子黄包车却挣不到几个钱，就决心自己开一个低收费的黄包车公司，帮助穷人家，由她父母帮忙打理生意。

生意没有大赚，但一直可以维持，直到后来通货膨胀，难以持续，董竹君才将两处生意变卖，购置了一些田地。

而这段时间，夫妻矛盾却又再次走上一个高峰，到了几乎决裂的地步。两人时常争吵不断，夏之时甚至还拿出枪威胁要杀死她。特别是在女儿的教育上，两人更是相持不下。夏之时是旧思想，认为女儿家不用受什么教育，岁数到了，找个好人家嫁了就行。董竹君自己就是这么过来的，她怎么可能让这种事情发生。两人就这样吵吵嚷嚷，再加之婚后家庭琐事繁多，感情渐渐淡去。

1929 年，夏之时在上海养病，大女儿国琼也要到上海去报考学校，而董竹君早有心意离开成都，就带着 4 个女儿和她的父母离开四川到达上海。这件事不但夏之时不知道，夏家人也一个不知道。整个四川都知道夏督军的老婆带着孩子离家出走了，这还上了报纸，沸沸扬扬的。

一到上海，两人就大吵一架。董竹君执意要留在上海，夏之时却怎么也不同意。两人谁也相执不下，最后协议分居 5 年。在这 5 年内，夏之时答应每月寄给孩子们赡养费，而董竹君要靠自己独立生活。

夏之时临走留了句话：如果你董竹君也能在上海成功，我就用我手掌煎条鱼给你吃。结婚 14 年，董竹君一直期盼的夫妻两人相敬相爱、互相尊重的生活从未出现，直到最后，丈夫也是以蔑视的心态看待她留在上海的未来。

一个女人对一个人男人无所期待，不是不爱而是失望。那年她 29 岁。

### 破茧才可以成蝶

夏大明（夏之时和董竹君的儿子）说："我父亲在辛亥革命那个年代，他是进步的。可他骨子里有很多儒家的东西，随着时代的发展，他的有些观念落后了，但我母亲依旧在进步。两人的离婚，根本原因是价值观不同：我母亲一辈子追求社会公正，认为女人应当独立，要有才干；而我父亲的'大男子'主义和儒家思想很严重，要求我母亲不要在外面工作，就应该在家里带孩子。两人性格都要强，谁也说服不了谁。所以，离婚是肯定的。"

在这分居的 5 年内，董竹君过得并不算顺利，夏之时也没有按照之前约定的寄赡养费，董竹君一度靠典当过日。后来董竹君与亲戚合资开办群益纱管厂，因为没有资金和销售渠道，小厂只能说是勉强维持，那些大厂及分销一看办厂的是个女的，大多都说些办得不错的客气话，再无下文，即使有戴季陶（是夏之时的好友兼老乡，时任国民政府考试院院长）的介绍信也无用。

在房东的协助下，董竹君结识了很多菲律宾华侨，这些旅菲的华人对女子办厂很是支持，见董竹君经营得不错，纷纷推荐她下南洋招股扩厂。董竹君于是只身远涉菲律宾，招回了一万元股资。这笔资金把这个小厂办得很有生气，一度盈利甚丰。

1932 年，事变爆发，侵华日军进攻上海闸北。董竹君的群益纱管厂遭到日军炮击几乎全毁，被迫停工，董再次回到原点。后来，她也零零散散做了些生意，都不太成功。

很快到了 1934 年，五年分居的期限已到。夏之时来到上海和董竹君见面，董竹君对丈夫五年来不闻不问已有怨言，而夏之时一见面就挑衅地问事业有什么成就，让她更是火大。本来夏之时以为她的生活难以维持，肯定会跟他回去，没想到董竹君打定心思要离婚。

想想也是，她这五年，生活虽然不算风光，可是经历了那么多的事情，思想早有变化，怎么可能再回到四川那个封建家庭中去，更何况夏之时重夫权，回去她只能隐忍地去做一个只会处理家务事的地主老婆，这对现在的董竹君来说简直不可想象。

董竹君在上海与夏之时正式签署离婚协议。她当时提出了两点要求：其一，夏之时不要断绝抚养费；其二，一旦她有个三长两短，请夏之时念点情分，培养四个女儿大学毕业，夏之时都同意了。


**浴火重生，凤凰涅槃**


此时，董竹君已经知道要在上海这种虎踞龙盘的地盘立足，必须建立好各种关系。这对于董竹君来说，并不难。做总督夫人的这几年，她已经积累了不少人脉，而且她一个女人在上海独自创业，当地已是很有名气的，再加上她的个人事迹，有很多革命党人主动跟她联系，提供帮助。慢慢地，董竹君的人际关系网越来越强大，再不是以前的那个普通的宅门女人了。

1935 年，董竹君创立的锦江饭店正式开业。一开门便是满堂红。上海滩帮会头面人物杜月笙、黄金荣、张啸林都来捧场，南京及上海军政要员也经常出没于此。后来卓别林访问中国时，也曾在这里品尝了招牌菜香酥鸭子。

对于普通的上海老百姓，他们既为品尝锦江的川味美食，又为慕董竹君这位督军夫人之名，便呼朋唤友，一时间竟然楼上楼下座无虚席！锦江川菜馆每天都客满，生意兴隆，持续不衰。

终于，就连杜月笙到这里来也要排队了。杜月笙一怒之下，要求董竹君扩建饭店，房子的事情他出面找房东解决。在杜月笙的帮助下，左右几幢房子也都腾出扩充饭店。为了格局上的曲折有致，董竹君想搭个天桥与后弄房屋连接起来，但是私搭天桥是违背法工部局章程的。

董竹君心生一计，决定来个先斩后奏。将天桥搭完后，果然政府的人找过来。她便打电话找杜月笙：

"杜先生，承您帮助锦江得到扩建，就是工部局不许搭建天桥，怎么办啊？

"哎呀，当时没想到啊！"

"是啊，我也没想到这点，对不起。"

"我去想想办法，你等回信。"

就这样，这个上海第一次例外的超范围建筑就被允许了，董竹君和她的饭店经此事，名气更大，生意想不好都难。

锦江饭店之所以成功，并非只是味道好，名气大这么简单。董竹君以自己的聪明才智，搞了一整套饭店的管理方法和制度，这套制度后来沿用了几十年之久，还培养出来一批中国酒店管理方面的精英人物。

董竹君后来趁热打铁，又办了锦江茶室，也大获成功。她成了上海滩最有名的女人，赚了不少的钱。

但是好日子并没有持久，1937 年年底，上海被日军攻占，董竹君的事业大受打击。经过几年艰苦的经营后，眼见日军就要占领整个上海，董竹君不得不带着女儿们流亡到菲律宾。

1945 年年初，董竹君回到上海的时候，锦江两店已被代理人弄得面目全非。时局混乱，董竹君只能惨淡经营着她的生意。

直到上海解放后，她以锦江饭店和茶室两店人员为班底，创立了锦江饭店，这就是上海第一家可以接待国宾的锦江饭店。随后董竹君也经历了"文化大革命"的风风雨雨，多次遭受打击，还被关进监狱，受过不少皮肉之苦，但她都熬过来了。

夏之时与董竹君正式离婚以后，以为她会回心转意，一直没有再娶。直到六年后，董竹君带女儿去菲律宾逃难，才感觉两人复合无望，在亲友的介绍下，跟一个姓唐的中学老师结婚了。

董竹君也一直把她和前夫的结婚照放在卧室的床头，这个她人生中唯一的男人，既给她幸福，也给她苦难，大概在她心中，总有一些记忆，属于他们最初相爱的日子。

1997 年 12 月，董竹君在北京逝世，享年 97 岁。

潘玉良：

莲花开在微光里

潘玉良，是旧上海最为传奇的女子，从妓女到小妾到画家，她非同寻常的人生际遇，犹如一幅色彩浓郁跌宕的油画，弥漫着一种生生不息的欲望……

**命运恩赐，他是渡她的佛**

真实的潘玉良说不上美，是影视作品为了追求艺术效果和收视率将她美化了，她既没有电影《画魂》里巩俐的风情妖娆，也没有电视剧《潘玉良》里李嘉欣的明艳动人。以国人的审美来看，她或许要被归类为丑女。

或许，潘玉良早已看透人性的凉薄，所以她的那些自画像不曾有一幅露出过笑容，也许她深知自己的出身引不出人们的善意，自己的容貌似乎也冒犯了这个世界，所以她画出的，全是自己的隐忍与宽宥。

她的眼神里，全是对这个凉薄世界的慈悲。

潘玉良原本姓张，命运也多舛，一岁丧父，两岁时唯一的姐姐病死，八岁时母亲因操劳过度而亡。可见，她不仅面相硬，命更硬。

或许命硬的人，骨子里都有股不服输的劲儿，不肯屈服于命运，不愿向现实妥协。当然，这些都是后话。

舅舅作为她唯一的监护人收养了她，然而舅舅家也不宽裕，再加上舅舅好赌，一次赌输之后，竟将不满十四岁的玉良卖到妓院。一夜之间，她就成了芜湖妓院的烧火丫头。

这一笔买卖，给了她一生最大的污点，她被人做了恶，遭了罪，却没有引起人们的一点同情与怜意，反而要拿这个恶名攻击她，要她用她的一生来偿还这个别人对她犯下的罪。

她长得不美，只能做丁粗活的烧火丫头，每天起早贪黑，还常常挨打受骂。从小命运就未优待过她，这些她都还能忍。然而烧火丫头做了没多久，她就被迫学艺，由于她长相粗犷，声音响亮，一直扮演京剧里的黑头（即男性角色）。随着年龄的增长，她又被老鸨逼着接客。性格刚烈的她，被逼了几次去卖身，她都奋力挣扎，死也不从。

她知道自己不美，她的奋力反抗也不是洁身示好，而是为了有一天遇到良人，有那么一点儿值得对方珍惜的地方。

人的机遇是难以预料的，有时偶然性也表现为一个奇特的命运，会把做梦也意想不到的幸运赐给人。认识潘赞化，是她人生道路转折点。

遇见潘赞化那年，玉良十七岁，是妓院里最不起眼，扮演着京剧里黑头的女子。

而潘赞化时任芜湖海关监督，巴结他的人络绎不绝。他器宇轩昂，在日本最负盛名的早稻田大学留过学，曾追随孙中山革命，思想新派。

可以说，潘玉良的一生，全因这个仁义男人的救助而获得了意外的重生。这件事即使放到今天，从哪个方面来说都很难成立：一个没有家世、没有受过教育、没有地位，并且长得一丁点儿不漂亮的女子，怎么可能被一个留过洋、仪表堂堂的知识分子看上，并给予她做人的尊严，教她识字，让她画画……

而我想说的是，玉良获得的这一切，都是靠自己争取来的，她抓住了机遇，争取到了自由。

她是一个不肯臣服于命运的女子，即使身处火坑，她也从未对自己的处境感到绝望。

她知道，世上没有绝望的处境，只有对处境绝望的人。

廖一梅在《恋爱的犀牛》里说："上帝会奖励那些勇敢的、坚定的、多情的人。"

果然如此。

当然机遇也很重要，这点毋庸置疑。

她的机遇出现在十七岁的那个晚上，她用那首《卜算子》打动了潘赞化。

那晚，恰逢商会的人为了巴结潘赞化在妓院为他洗尘，恰逢玉良琵琶唱《卜算子》，这首凄楚的词牌被她浑厚的嗓音演绎起来别有一番韵味。

当唱到"不是爱风尘，似被前缘误"时，刚好被经过的海关总督潘赞化撞见。

见惯了妓院里各色美女的潘赞化，被眼前这个并不美丽甚至有些丑陋的女子吸引。她粗犷的外貌，和她满眼的凄惨形成了鲜明对比，他无法想象这首凄婉动人的曲子是由眼前这个长得有些男性化的女子所唱。

不禁驻足问道："可知是谁的一阕词？"

玉良抬眼望着这个器宇轩昂的男子，不卑不亢地答道："一个恰似我的女子。"

潘赞化饶有兴趣地继续问道："可知她的名字？"

玉良答："宋朝严蕊。"

潘赞化点点头："所知不少。"

孰料玉良答："未曾读书。"

潘赞化心中一惊，不由对眼前这个女子刮目相看。

那一刻，潘玉良捕捉到了他眼底怜惜，虽然稍纵即逝，但这是她从未得到过的。

她有种感觉，眼前这个男人也许就是那个渡她的佛。

不久，老鸨再次逼她接客，她依然不从。

巧的是，途遇潘赞化，于是她决定赌一把，佯装跳水，并故意弄出很大的动静。

人最有理智的时候，往往是别无选择的时候。她无法选择命运，唯有这样赌一把来寻求自由。

如她所愿，潘赞化救了她。

有人说，青楼女子有两样东西看得最准，一是男人，二是首饰。

三年的青楼生活，玉良早已看透人世。

于是，她不仅不感恩，还故意问他，为什么要救她？

十七岁的玉良，虽未经历男人，但已洞悉男人的心理。

她知道自己不美，无法让他怜香惜玉，唯一的方法只有与众不同，能够让他对自己另眼相待。

她知道他是好人，即使不爱，也会善待。

果然，潘赞化得知实情后，被眼前这个烈女子深深打动。他真的救了她，而且是永远救了她。他将她赎了出去，让她重获自由。

赎身后，潘赞化不知如何安置这个一字不识、无家可归的女子，已是已婚男人的他，只得将她收来做了妾，算是将一个最大的恩义赐给了她。

为了表示对她的尊重，潘赞化为潘玉良准备了一个婚礼仪式，虽然这场仪式的观众只有一个——证婚人陈独秀，但对玉良来说，已是最大的惊喜。

所谓惊喜，就是超出预期。

原来，这个男人比她想象中的对她更好。

她觉得这是命运对她的恩赐。

为了感谢潘赞化给她重生的机会，她决定冠上夫姓，将名字由张玉良改成潘玉良。冠夫姓的女人很多，比如蒋宋美龄，但大多数时候人们还是称呼原姓，只有潘玉良省略了原姓。

她郑重地告诉潘赞化说："我应该姓'潘'，我是属于你的，没有你就没有我。"

是啊，对于他的恩情，她无以为报，而这是她唯一能够想到的报答他的方式。

他的恩义并没有就此结束，他没有像其他男人一样娶了小妾便圈养在家，他给了她更广阔的天地，教她识字，教她画画……当发现她有画画的天赋后，又送她去上海美专学习。潘赞化主张男女平等，他对潘玉良的救助和支持，与其说是出于爱情，不如说是出于一种信仰和道义。潘玉良进入美专之后，和男同学有交往，有好事者悄悄向潘赞化"打小报告"：潘玉良行为不检点，常常和男同学约伴写生……

潘赞化听后，并不发怒，反而笑说："男女社交公开很好嘛！"仅仅一句话，就让好事者闭了嘴。

这时，我不禁想起廖一梅的一句名言："人的一生中，遇到爱，遇到性都不稀罕，稀罕的是遇到理解。"

他是理解她的，理解她对艺术的追求，理解她的不拘小节……

他从未因别人的诋毁而对她有所猜忌，在他眼里，他们一直是对等的，他们都欣赏着彼此最美好的部分。然而，这些潘赞化眼中的美好，却成了别人眼中的怪异。

的确，像潘玉良这样出身卑微又不漂亮的女子，凭借其努力改变自身的处境，确实需要双倍努力。


**现实残酷，她从未被世人善待**


其实，潘玉良进入上海美专并非一帆风顺。虽然她的考试成绩不错，但因她的妓妾身份却被拒之门外。潘赞化为了完成她的求学心愿，唯有请托好友陈独秀向当时的上海美专校长刘海粟说情，她才得以进入该校。

第一次上人体临摹课，潘玉良都不敢直视台上的裸体模特，虽然之前在妓院待过，但这却是她第一次与人体赤裸相对。

那次，她画得糟透了，人物毫无神韵。为此，她烦恼极了。

后来，她想到一个办法，以自己的裸体为模特，对着镜子临摹。

镜子里的女子依旧不美，却一脸倔强，而那完全袒露的身体则充满了生机，流淌着对艺术的渴望……

那一刻，她竟爱上了镜中的自己。

王尔德说："爱自己才是一生浪漫的开始。"唯有在画中，她才可以肆无忌惮地自恋。至此，她常常拉上窗帘在寝室里临摹自己的裸体。

这件事，虽然她进行得非常隐秘，但还是被同学发现，状告到刘海粟那里，说她有伤风化。

于是，她不再住寝室，而是每天学校家里来回跑。在家里，她关在自己的房间，依旧忘情地画着自己的裸体。

画画是她的梦想，而人一旦有了梦想，就成了上帝的人质。

这个倔强的女子，情愿被梦想绑架，也不愿放弃画画。她知道这是自己改变命运的唯一方式。然而，命运并未就此善待于她。

潘玉良不是一个善于卖弄风情、扭扭捏捏的女子，她个性真实，甚至有些男性化。据一位上海美专女同学说，有次她们在杭州山上写生，潘玉良到雷峰塔墙圈里小便，这时一群男同学过来了，那位女同学喊她快出来。潘玉良蹲在里面坦然地说："谁怕他们！他们管得着我撒尿吗？"

她一直对这个世界毫无畏惧，正如王朔写给女儿的那句："只有内心丰富，才能摆脱那些表面的相似。内心强大到混蛋，比什么都重要。"

可见，她的抗压能力是很强的。

她不仅抗压能力强，性格也比较高调，从不因她妓妾的出身而畏首畏尾。她善于唱京剧，课堂休息的时候同学们叫她唱一段，她就毫不胆怯地大声唱起来，但她只唱老生——因为她的嗓音比较男性化。

其实，最初只有刘海粟知道她妓妾的出身，同学们并不知道。有一次外出写生时，她应邀唱了一段京剧，其出众的老生演唱水平使在场的人大为惊异。于是，有好事者便四处打听她的来历，至此同学们都知道了她妓妾的出身。

为此，很多同学都不愿和她交往，瞧不起她，觉得她玷污了这所充满艺术气息的校园。

其实，如果她低调一些，不当众唱京剧，大家就不会知道她的出身，在美专的日子也许会好过一些。

但她偏偏没有，她毫无顾忌地展示着自己的所长。也正是她个性里的这份高调，成就了后来的一代画魂。

由此可见，高调是人性的优点。

就像公众号红人咪蒙所说："因为高调，所以有虚荣心，有斗志，有野心；因为高调，所有要时刻保持上进的状态，要努力证明自己……"

面对流言，最好的还击方式，就是若无其事。

如果说外面的流言潘玉良可以选择若无其事，那么家里潘赞化原配的刁难，却让她如鲠在喉。

潘夫人是潘赞化母亲的远房侄女，因不满丈夫娶了妓女，有辱门风，对她恶言恶语，百般刁难。

潘玉良本是个爽直的女子，本无所畏惧潘夫人的刁难，但因不想潘赞化夹在中间为难，便一再退让。

她只想完成在上海美专的学业，不辜负潘赞化的成全。然而，在现实面前，即使这样微小的心愿都无法达成。

刘海粟建议她去欧洲继续求学。在征得潘赞化的同意后，潘玉良决定去欧洲完成梦想。

1921 年，27 岁的潘玉良在潘赞化的资助下乘坐博德斯邮轮去往艺术之都法国。

而就在这艘邮轮上，潘玉良遇到了一生的挚友苏雪林。这段长达 56 年的友谊，就此拉开了序幕。

### 悲情人间，另类才女各领风骚

苏雪林与潘玉良是一起去法国留学的同学。当年在邮轮上，同学们在背后对潘玉良指指点点，说这个人是风尘女子，在上海美专学画，因为报纸揭露了她的根底，被学校开除……

当大家纷纷疏远潘玉良时，苏雪林并未对她另眼相待，每当有女生旁敲侧击地讽刺潘玉良时，苏雪林都出面阻止，对她的人生遭遇给予了同情。

苏雪林比潘玉良小两岁，两人都是个性独特、不屈服于命运的才女。只不过，她们的才能一个体现在文学上，一个体现在绘画上。

20 世纪 30 年代初，苏雪林曾被称为"女性作家中最优秀的散文家"。但她的婚姻却是那个年代最为典型的包办婚姻，最后以悲剧告终。

她是另类才女，大半生都致力于反鲁，素有"骂鲁第一人"之称。

她的反鲁生涯开始于 1936 年，鲁迅去世后。

她攻击鲁迅的杂文"文笔尖酸刻薄，无与伦比"；"含血喷人，无所不用其极……"不仅如此，她还对鲁迅的人身进行攻击，骂他"阴险、多疑、善妒；不近人情，睚眦必报……"

奇怪的是，在鲁迅生前她在他面前还以学生自居，并对他的《阿 Q 正传》给予了极高评价，说它是一部能与世界名著分庭抗礼的作品。

而鲁迅死后，她的态度却急转直下，由支持变成了攻击。

这倒不难理解，鲁迅在世时，他在文坛的地位，无人能撼，苏雪林肯定不愿冒着被封杀的风险去骂他，甚至为了能够得到他的提携阿谀奉承。

鲁迅死后就不一样了，她不用担心他的打压，尽可直言。

苏雪林和潘玉良两位另类才女，虽然经历不同，但都个性独特。当然一见如故。

后来，她们回国后，同在上海，经常走动，关系更为密切。在潘玉良举行个人画展时，苏雪林特地去参观。她称潘玉良的油画是"前所未有"的，她的"成就在当时所有西画家之上……"

是不是感觉这种语句很熟悉？

的确，在鲁迅生前，她也这样夸过鲁迅，也是用这种"前无古人，后无来者"的语句。

可见，苏雪林为人喜欢极致，无论是夸人还是交朋友。

后来，潘玉良到法国定居，苏雪林去了台湾，两人相隔天涯，虽然见面的机会少了许多，但彼此的感情并未淡薄，晚年的潘玉良患了高血压，还曾托苏雪林从中国台湾代买草药和作中国水墨画的宣纸。苏雪林还曾举荐潘玉良到台湾大学任教，但未能如愿。后来苏雪林不无感慨地说："要是她愿意到台湾任教，也不会客死异乡。"

在苏雪林晚年时，还多次呼吁建立潘玉良艺术馆，后来安徽博物馆专门为潘玉良开辟了三大间展室，使得苏雪林的夙愿得以实现。

两个另类才女，彼此惺惺相惜，却在各自的领域独领着属于自己的风骚。


**她自飘零，绘画是英雄梦想**


1921 年，潘玉良在法国考进了里昂国立美术专科学校，专攻油画。住在穷学生穷画家居住的拉丁区，一个窄小的阁楼里，生活清贫。但这并没影响她对绘画艺术的追求。

在法国的日子，她真正尝到了自由的味道，再也没有人就她不堪的出身攻击她。西方对艺术的宽容与支持令她再次重获新生，这次是梦想的新生，17 岁那年遇到潘赞化则是命运的新生。

她如饥似渴地学习，学法语，学绘画，不断地提高自己的绘画技巧，结识了徐悲鸿、张大千等同学。这期间，她深受欧洲野兽派和抽象派的影响，当然也和她自身多舛的经历有关，她依旧喜欢画人体，特别是裸体，画风大胆，想象力丰富。那些画就是静止，也可以看到画面深处，那种暗涌的激情。

无论是出国前，还是出国后，潘玉良都对"自我"和"她我"的身体有着浓厚的兴趣。尽管这是习俗禁忌话题，但它终究是人无法摆脱的一种事实存在，而且从某种原始角度，食色性所致的愉悦感受，不管它有多么不便言说，却一定是支撑人活着的生命本源。对于醉心于绘画的潘玉良来说，这种愉悦比普通人更为浓厚和强烈，那么私底下除衫脱鞋，对着镜子观察自己的身体，抚摸它，描画它，未尝不是一件快乐美妙的事情。这时她的整个世界里，只有画，没有其他。

很快，她的绘画才能得到了西方人的认可，在画展上屡屡获奖。

她最为著名的几幅画像，有那幅身穿黑色镶花旗袍的《自画像》，还有为音乐家周小燕画的那幅端庄的《周小燕肖像》，都是这个时期的经典代表作。如果说这些肖像都穿着衣服，只表达了她在色彩上的运用自如，而不足以表达她铿锵有力的线条的话，那她其他的一些裸体画如《菊花与女人体》，则完全可以看到那被称为"玉良铁线"的功夫。中国水墨画里的工笔勾线，被她融入了西方现代绘画的油画里，将她个人风格表达得淋漓尽致。

但是必须承认，在裸体的姿态上，潘玉良的女人体并不算美妙。她是穷困人家的孩子，无论是成长还是求生环境，都与高贵无关，与格调无关，更与宠爱无关。其实，她作为女人，她容貌不美，性格刚烈，缺少疼爱，无处撒娇，要摆出妙曼的姿态画自画像，会显得笨拙而可笑。

潘玉良一直在证明自己，她那么努力，只不过想配得上自己所受的苦。

她无法接近那个美貌的世界，那个时代也没有美图秀秀这样的软件，可以美化自己的容貌。

于是，她只能靠加倍的努力美化自己的人生，让它看起来能够美好一些。

在法国的七年间，她获奖无数，这也增强了她回国的信心。

她以为自己在国外的荣誉可以冲淡世俗的眼光，她以为她可以在国内继续发挥，当然更重要的一个原因是她想念潘赞化，想守在在他身边做个幸福的妻子。

不久，徐悲鸿聘请潘玉良在他执办的美院当教授，这是一个千载难逢的荣归故里的机会。

1927 年，潘玉良归国，除了当美院教授，还出版画册，举办画展，她迫切地想向人们证明自己。

然而，事实再次让她失望。

即使她学成归国，人们依旧无法原谅她的出身，不断有人拿她的历史毁损她，甚至她已高价卖掉的作品有人竟拿刀划开它。还有一些缺乏艺术眼光的人，质疑她的作品是否为她亲笔所画，要她当场作画来证明自己的本事……

除此之外，在家里，除了潘赞化对她好，婆婆和原配潘氏都对她极其刁难，潘氏挂在嘴边的一句是："无论你如何风光，但在这个家你永远是个妓妾！"

时刻提醒着她卑微的出身。

这时，她才发觉，无论自己如何努力，永远无法洗刷出身的耻辱。

一次画展，她的一幅《人力壮士》饱受颂扬，她以鲜明的画风、生动的人物表达了对中国人民抗击侵略者的决心。不料，在画展结束时，她发现画上贴了一张纸条，上面写着"妓女对嫖客的颂扬"。这句话，犹如一把锋利的尖刀，狠狠地刺进了她的胸口。

她知道那段苦难的过去，永远是国人眼里不可饶恕的罪过。

那一刻，悲从心来。

她知道中国是永远容不下她，容不下她那段苦难的过去，也容不下她对艺术的追求。

除了潘赞化，她对这个国度再无留恋。于是，她含泪再次向潘赞化辞别。

只是，她万万没想到，这次告别竟成了她和他的永别。


## 异国他乡，他是温柔岁月的人

1937 年，42 岁的潘玉良再次返回法国，也就在这年她遇到了后来对她鼎力相助的男人王守义。

王守义曾与邓颖超等人一起赴法勤工俭学，他的志向是成为一位机械工程师，但因学历有限，这个志向一直未能实现。于是，他很羡慕那些能够实现自己理想的人。而这时，他遇到了经济窘迫的潘玉良。他很钦佩她为理想奋斗的精神，似乎也为了成全自己的未能实现的理想，他常常对她倾囊相助。

那时的法国到处弥漫着纳粹的阴影，画画这种事情已经无人问津。王守义用自己经营中餐厅的钱资助她，一次次帮她渡过难关。

潘玉良的画室曾遭受过一次暴风雨的袭击，玻璃破碎，房顶掀开，无法作画，王守义甚至拿出所有积蓄为她重新维修。

在这个男人的帮助下，潘玉良才能全身心地投入绘画中。

而这时的潘赞化在中国生活贫困，又被打成右派，他曾写信暗示潘玉良不要回国。最让人唏嘘的是，由于当时中法尚未建交，潘赞化去世后两年，潘玉良才知道。得知这个噩耗时，潘玉良哭晕了过去，这个救了她并恩待她前半生的男人，天人两隔，今生再也无法相见。

王守义望着伤心欲绝的潘玉良，默默守护着她，照顾着她。虽然无法得到她的爱情，但她并未拒绝他的照顾。

得知潘赞化过世后，潘玉良更加疯狂地绘画。

在没钱请模特的情况下，油画中的裸体模特，通常就只能是她自己。至此，我们就能理解为什么潘玉良呈现在画布上的裸体，通常总是面容丑丑，高颧骨竖眉毛，肥臀大脚，而且有时的姿态与表情，笨到令人发笑。而她的着装、发型与生活环境，也都可以在画中找出其主要的特征，比如她喜欢像中国道士一样梳两个发髻在头顶或耳旁，或是身穿色调样式都不入时的棉布衣裳等，都可以从画中轻易辨认出来。

如果说年轻时的潘玉良还努力把自己画美一点，但随着年龄的增长，这个问题也逐渐不再困扰她。特别是得知潘赞化去世后，这个世界上再无人值得她美化自己。她在后期的自画像中已直面了真实的自己，甚至夸张地画出了那种丑与衰老。她的一种自我成长是在自画像中去完成的，在对世界长久的慈悲之后，她画出了对自己的慈悲，那就是勇敢地面对真实的自己。

随着年龄的增长她更加不拘小节，她留着短发，喜欢喝酒，说话声音更大，感觉上更像一个男人。晚年时在蒙巴拿斯附近的一条小街，她住顶楼，住房兼画室，足不出户，整日作画。

法国曾拍过一部纪录片《蒙巴拿斯人》介绍这个地区文化名人，其中就有潘玉良，她是片中唯一的一个东方人。

在此期间，王守义一直陪在她身边。

或许，很多人无法理解王守义为何对这个不美、性格粗犷、也不肯给他爱情的女子如此不离不弃，温情相待，除了才华，她到底哪点吸引他？

其实，很多时候，男女之间除了多巴胺互相吸引外，还有气场。那是一种比荷尔蒙多巴胺更为持久更为强大的吸引。

而正因为潘玉良自身的强大气场深深吸引了王守义。

潘玉良也深知王守义的不易，她有两件最为经典的雕塑作品，一件是张大千的雕塑，另一件便是王守义的雕塑。王守义雕塑完成后，她把它放在自己的卧室，至死未移。

在内心里，在情感上，她是始终守着潘赞化。可即使相思成灾，却无缘再聚。她知道王守义对她的好，也心存感激，除了爱情，她能给他的唯有亲情，他是她心底最重要的人。

这两个男人先后恩待过玉良、扶助过玉良，给予她世间最厚重的恩德与情义。

1977 年，旅居法国的女画家潘玉良走完了她的一生，唯一守在她身边的人就是这个 40 年对她不离不弃的男人——王守义。

临终前，她将一直携带在身边的两件东西托付给王守义，要他交给潘赞化的后人。一件是项链，鸡心盒里一男一女两张照片分别是潘赞化和潘玉良；另一件是怀表，这曾是蔡锷将军送给潘赞化的，后又被他当作信物送给了前往法国留学的潘玉良。

至死她都将心中爱情的区域留给了潘赞化。

王守义是个情深义重的男人，不仅完成了潘玉良的遗愿，还花重金为她在巴黎市区买下了一块为期一百年的墓地，并为其举行了隆重的葬礼，让她安息。后来，他又尽心尽力地将她的 3000 多幅画作运回祖国。

1979 年，他本想随着潘玉良的这批画作回国定居，却发现左耳后生了一个恶性肿瘤，不久抱憾离世。他没来得及留下任何遗嘱，一生也没有加入法国国籍，甚至连一块墓地都没有为自己准备。

于是，人们只好把他与潘玉良同穴安葬，也算完成了他的心愿。他的墓头，正是他两年前为潘玉良立的墓碑，墓碑上写着"艺术家潘玉良之墓"，上面没有他的名字。

这个男人的后半生一直为潘玉良而活，她是他的精神支柱，她离世不到两年，他也匆匆走完了自己 84 年的人生旅途。

潘玉良是幸运的，虽然上天没有给她出众的容貌，良好的出身，但却将两份真挚的感情赐给了她，这两个男人，一个赎回了她的自由，一个温暖了她的岁月，在她追求艺术的人生道路上，功不可没。

　　而潘玉良这个奇女子，无论是在世俗的流言里，还是在清贫的生活中，从未放弃过对梦想的追求，犹如一朵莲花在微光中散发着自己独特的魅力。

此情可待成追忆，只是当时已惘然

下篇

张爱玲：

万转千回之后的放弃

　　张爱玲是民国的临水照花人，她是旷世才女，爱途多舛，传奇一生，流言一世，最终却以孤独苍凉的姿态离开人间，留给世人一声叹息。

### 隐匿在奇装异服里的烦恼

　　长大后，很多人都会怀念童年的旧时光，而张爱玲却一点都不怀念，她不喜欢那幽暗沉闷的屋子，不喜欢自己的父母，她一个人住在外面，她有一个弟弟偶尔来看她，她亦一概无情。

　　她不屑于世俗的人情世故，内心冷漠，却极度渴爱。

　　张爱玲性格的形成，与她父母给予她的童年息息相关。

　　1920年9月，张爱玲在上海麦根路的家中出生，她与黄逸梵的母女缘分正式开始。

　　黄逸梵想将张爱玲培养成西方淑女，可是张爱玲从1岁起，就表现得与母亲的愿望相反——抓周时，她抓住一个金锭子不放，黄逸梵很失望。

由此可见，张爱玲对金钱的热爱，从 1 岁起就开始体现。众所周知，她是一个对稿费锱铢必较的人。

张爱玲虽然是长女，但在中国，男尊女卑似乎是天经地义的事情。用人们将弟弟张子静看成小主人，给幼小的张爱玲造成了不小的压力。

父亲张廷重是晚清遗少，古文基础好，能吟诗作赋，英文也有一定根基，可惜除了抽大烟、养姨太太、逛妓院、捧戏子外，没有什么责任心。他的脾气不太好，张家姐弟从小就领略到那种家长式的专断、粗暴，甚至可以说虐待多于父爱。

1925 年，张爱玲 5 岁，黄逸梵实在看不惯丈夫张廷重的纨绔子弟做派，借口小姑张茂渊出国留学需要监护，偕同去了法国。张爱玲被她抛弃在身后，跟随父亲生活。

母亲黄逸梵走了没多久，父亲张廷重就将一个妓女领进门做姨太太。这个姨太太脾气很坏，却唯独对张爱玲不错，她一力抬举张爱玲，也肯下功夫去培养感情，领她跳舞，又为她做了件雪青丝绒的短袄长裙。

姨太太问张爱玲喜欢她还是喜欢母亲时，张爱玲现实地说道："喜欢你。"

可惜好景不长，这位姨太太有次和张廷重吵架，用烟枪砸伤了他的头，被他赶了出去。

从此，张爱玲又回到了没人疼爱的时光。

姨太太走后，张廷重写了一首七言诗恳请黄逸梵回来，并表示一定悔过，戒毒赎罪。

1928 年，黄逸梵回国。这时的她看上去更像是位西洋美妇人，张爱玲惊讶于她的美，泥土色的软绸缎连衣裙，拖一片挂一片。时髦的黄逸梵，对于张爱玲审美观点的形成，有着现身说法的意义，张爱玲后来痴爱奇装异服，也是黄逸梵留给她最初的影响。

母亲黄逸梵因爱做衣服，曾经招致父亲张廷重的讥嘲："一个人又不是衣裳架子！"她总记得她母亲站在镜前，在绿短袄上别上翡翠胸针，而她在一旁仰脸看着，羡慕不已，发誓"八岁要梳爱司头，十岁要穿高跟鞋"。

张爱玲曾回忆：我小时候没有好衣服穿，后来有一阵拼命穿鲜艳，以致博得"奇装异服"的"美名"。

她各时期的梦想里都替衣服留下了显著的位置。十二三岁时，她笔下的理想村里有盛大的时装表演；中学时代，她在梦想着"要比林语堂还出风头"的同时，也没有忘记将来"要穿别致的衣服周游世界"。

苏青曾形容张爱玲："她穿西服，会把自己打扮成一个 18 世纪的少妇；她穿旗袍，会把自己打扮得像我们的祖母或太祖母。脸是年轻人的脸，服装是老古董的服装，就是如此，融会了古今中外的大噱头，她把自己先安排成一个传奇人物。而她却将这称为别致。"

她的朋友很少，偶尔在家里见客，也会把自己收拾得格外隆重。她不喜欢说话，但有着女人对服装、胭脂香粉的无度嗜好。

关于服装，张爱玲说过一句话：对于长得不算好看，又不会说话的人来说，衣服则是最好的语言。

其实，这只是一方面，还有一方面那就是她希望自己像母亲一样美丽夺目，鹤立鸡群。

黄逸梵身上有种梦幻的文艺气质，她一直记得母亲与一个胖伯母并坐在钢琴凳上模仿电影里的恋爱表演，那样子真美。

张爱玲一直想成为像母亲一样浪漫飘逸的女人，可她体内却隐藏着精明务实的基因。

她曾在《大美晚报》上发表了一幅漫画，得稿费五元，黄逸梵让她珍藏起来做纪念，张爱玲却拿这稿费买了一只小号的丹琪唇膏。

从这点可见，她们的人生观是迥然不同的。

张爱玲八岁那年，黄逸梵带她去美国教会办的黄氏小学报名。在填写入学证时，她心中正烦恼，张瑛（张爱玲的原名）这个名字太普通，不够响亮和时髦，于是，随手将ailing（烦恼）填成了"张爱玲"三个字。一代文学奇才，就此诞生。

一语成谶，ailing 这个名字，也注定了她的颠沛流离，无论是感情还是生活。

黄逸梵的目标是，要将张爱玲培养成西式淑女。她教女儿学画画，又学弹钢琴，还学英语。而这一切都遭到了张廷重的反对，他不想女儿像妻子一样，受西洋文化影响，满口讲英文，撒开脚丫满世界跑。

父母吵架的场景留给张爱玲的印象太深了，使得她很早就领略到无爱婚姻的不幸。后来，当她对友人提到父母离异时，曾略带幽默地说："虽然他们没有征求我的意见，我是表示赞成的，心里自然也惆怅，因为那红的蓝的家无法维持下去了。"与一般人看法不同，虽然父母离婚后，她的生活充满了不愉快，可成名后她却不止一次地表示，父母离异的孩子并不像人们想象的那样不幸。

父母协议离婚。办手续时，张廷重迟迟不愿签字，黄逸梵则态度坚决："我的心意已经像一块木头！"

新式女性黄逸梵终于可以摆脱这道婚姻的枷锁，面对不思上进的丈夫，她的心意就像一颗射出的子弹，永不回头。

张爱玲的生活费和学费由父亲承担，但她上什么学校得征求母亲的同意。

黄逸梵独立自强，却算不上一个称职的母亲，当然，她对张爱玲还算有些体恤，而对儿子张子静，则是完全无情。

或许是因为她出生在一个守旧的家庭，打小裹脚，读的是私塾，弟弟却被送进震旦大学。她是遗腹子，没见过父亲，从小见到的，只有嫡母和亲生母亲这两个寡妇。

她不希望女儿像幼时的自己一样，她也知道如果自己不管女儿，张廷重势必不会让女儿接受新式教育。而儿子张子静是张家唯一的男孩，她不用过多担心。

唯有女子怜惜女子，在教育上的支持，是她对张爱玲最大的恩宠。


**唯有与钱温暖相拥**

黄逸梵是游走在时代边缘的奇女子，东方给了她一双小脚，西方给了她以小脚走天下的勇气。

离婚后不久，黄逸梵再次奔赴法国学习绘画，追寻她的梦想和情人。

张爱玲被她再次抛弃在身后。

而这时，父亲张廷重再婚，这次娶的是原北洋水师孙宝琦的女儿孙用蕃。这位 35 岁的老姑娘，和张廷重一样吸食鸦片，一进门就送了两大箱旧衣服给张爱玲。

于是，此后几年里，张爱玲再也没有穿过一件新衣服。那些肥大而过时的衣服，半新不旧，上面散发着一股难闻的樟脑丸味。在贵族化的教会学校里，穿着这样的衣服简直如同受刑。

以至于多年后，张爱玲依旧耿耿于怀，说那颜色像碎牛肉，穿在身上感觉生了冻疮，冬天过去了，还留着冻疮的疤。

果然，继母猛如虎，很难相处。然而，这些都是小事。最可恨的，是她的挑拨诬陷。

那年，黄逸梵回国，张爱玲去母亲那里住了两个星期。然而等她回来时，孙用蕃忍无可忍地发飙了，问张爱玲去母亲那儿为什么不告诉自己。张爱玲说告诉父亲了，孙用蕃觉得爱玲没把她放在眼里，便狠狠甩了她一个耳光。

张爱玲本能地要还手，却被用人拉住。孙用蕃却不依不饶一路尖叫着跑上楼，告诉张廷重爱玲打了她。

正在吞云吐雾的张廷重冲下楼，不分青红皂白地对爱玲一阵毒打……

张爱玲被关了起来，这一关就是半年，姑姑张茂渊曾来为她求情，也被张廷重打伤，当然，这也是拜这位继母挑唆所赐。

其间，张爱玲得过一次疟疾，差点死掉。

这是她的一场噩梦，她每天都思忖着如何逃出去。她对这个"家"，虽然也有感伤、眷念，但更多的是厌恶、痛恨。

后来，她趁着巡警换班，终于逃了出来。

那是 1938 年的春天，她用力地呼吸着外面的新鲜空气，第一感觉不是为摆脱牢笼而庆幸，而是考虑如果投奔母亲，是否会为她增加经济上的负担。

果然，张爱玲逃出来后，父亲和继母如同摆脱了一个大包袱，她再也回不去了。当然她也从未想过再回去。

黄逸梵终究接纳了女儿，可是她又有种种纠结，她对自己的人生很爽快，但对于别人难免苛刻，女儿的未来当然最重要，她请外教给张爱玲复习数学，五美金一小时，即使是现在的物价水平，价格也不菲。

可美国还有恋人的她，又是难免抱怨，这让张爱玲始终觉得自己愧对母亲，甚至连坐车的零用钱都不敢找母亲要。

黄逸梵是那种要求特别高的母亲，可她却发现女儿惊人的愚笨。她教张爱玲家务，教她照镜子研究表情，告诫她如果没有幽默细胞，一定不要说笑话……

然而，张爱玲怎么也学不会。后来张爱玲自己也曾说，在姑姑家住了两年，连门铃在哪里都不知道。

可见，天才的时间和精力不会花费在这些琐碎的事情上。

黄逸梵对女儿难得有称赞，即便是别人说爱玲哪里长得好，她也只不过一句："她头圆"。

张爱玲感觉自己似乎从未得到过母亲的肯定。

或许黄逸梵对张爱玲不是故意这么暴躁严苛，是命运要她这样。她不知道如何善待一个孩子，是因为她不曾被世界温柔相待。

对于一个孩子，父母就是全世界，她在父母那里受了伤，是无处叫屈，无处疗伤的。而父母的关系，也决定着孩子将来和世界的关系，跟父母之间是轻松，还是紧张，是尖锐，还是柔和，将来和世界也是一样。

童年留下的心理暗疾，就像一棵树苗的伤痕，会随着树的长高而慢慢扩展，变成一生的隐痛。

张爱玲后来在跟人交往上很没有信心，她习惯了收缩自己，抱紧双臂，或许这并不是傲慢的姿态，而是少年时代，在母亲挑剔的目光中形成的一种习惯。

从童年到青少年，张爱玲都生活在这种阴郁而压抑的家庭环境里，无论是母亲还是父亲，他们都无暇顾及女儿的感受。

有件事，一直让张爱玲耿耿于怀，那是她在港大期间，一个她有着朦胧好感的外籍教师，以私人名义给她寄了八百元的奖学金。张爱玲心里异常欢喜，总觉得这不是钞票，而是情谊。

而这也是她第一次有了这么多钱，于是，她喜不自禁，拿去给黄逸梵。没想到，纯洁的情谊竟被黄逸梵想得龌龊，张爱玲慌忙撇清。

当晚，黄逸梵打麻将，输掉了爱玲的八百元，不多不少，刚巧八百。或许，她是故意这样做，以为输掉了八百元就掐断了这段还未萌芽的情谊。

黄逸梵也够奇葩，自己行为新潮，男友无数，却让女儿循规蹈矩。这八百元在张爱玲看来，重有千金，可黄逸梵却四两拨千斤，一晚上输光，这对张爱玲的伤害，可想而知。

张爱玲质问时，黄逸梵漫不经心地说了一句："我花在你身上的何止这八百！"

那一刻，爱玲暗暗发誓一定要把母亲花在她身上的钱全部还给她。

然而，还未等到张爱玲有能力还钱，黄逸梵又出国了。

后来，她曾向胡兰成提起过这件事，第二天胡兰成就扛了一大箱子钱给她。

当然这个细节，胡兰成没有写进《今生今世》，他只写，张爱玲用他的钱做了一件狗皮短袄，就开心得不得了。

胡兰成之所以不愿写自己曾扛了一大箱钱给张爱玲，当然是男人的自尊心作祟。

金钱是多么俗气的东西啊，爱如果沾染上了金钱的气息，似乎就没那么纯粹和迷人。

每个男人都希望自己女人的爱与金钱无关，即使自己一无所有，女人依旧死心塌地。

这种想法可笑至极。

后来，两人分手后，张爱玲将30万的剧本费寄给胡兰成，只不过是将之前的钱还给他而已。

既不相爱，必不相欠，这是张爱玲做人的原则。

黄逸梵终于回国。张爱玲选了个时机去还钱，感谢她为自己花了那么多钱，"我一直心里过意不去。"她说这是她还给她的。

那一刻，黄逸梵落下泪来，她怎会不明白，这二两黄金，聚集着女儿的决绝与冷酷。

"就算我不过是个待你好过的人，你也不必对我这样啊！"

黄逸梵终究不肯拿这二两黄金，她不愿就此割断自己与张爱玲的母女情缘，虽然她并不是一个称职的母亲。

张爱玲却想，不拿也罢，反正我还了，你没要，这笔债也就算了。

不久，黄逸梵再次离去，去了欧洲。张爱玲随后去了美国。她们母女此生再未相见。

1957 年，黄逸梵在英国住进医院，她希望张爱玲能够到英国与她见一面。而那时的张爱玲，却因为没有路费，只寄过去了100 美金。

不知黄逸梵看到这笔钱后，会有何感想？她终究还是用钱做了了断。

一个月后，黄逸梵去世，没有亲人在身边，不知道她最后的时刻是如何度过的。她留给张爱玲一箱子古董。后来张爱玲靠变卖那些古董，挨过了和赖雅在一起时的困窘时日。

黄逸梵最后只能存在于张爱玲的血液里，她们甚至没有留下一张合影。

## 他现世安稳，她颠沛流离

临水照花人，这样香艳又凄然的词，胡兰成用来形容张爱玲。可见他是爱过她的。

1944 年除夕，被汪精卫幽禁在南京的胡兰成，闲时无聊翻阅苏青寄来的《天地》月刊，一篇名为《封锁》的文章惊艳到了他。

那时的胡兰成对《封锁》中这种微妙尴尬的局面，有着切身体会。当时的他正被"封锁"在南京丹凤街石婆婆巷 20 号这座小小的院落里；夹在汪精卫与日本人之间无所适从的困境何尝不是一种封锁呢？

这个瞬间惊艳到他的作者，名叫张爱玲，平凡得近乎平庸的名字映入了他的眼底，也刻进了他的心中。

幽禁解除后，胡兰成第一时间回到上海见苏青。

苏青热情地接待了胡兰成，却直接被胡兰成打脸——屁股还没热，他就开门见山地要张爱玲的住址。

那一刻，她脑海里有一万条弹幕呼啸而过。

之前，胡兰成曾写文章赞美过她：鼻子是鼻子，嘴是嘴；无可批评的鹅蛋脸，俊眼修眉，有一种男孩的俊俏。

这段评价让处于空窗期的苏青心襟荡漾，以为胡兰成喜欢自己。于是，为了让他早日免除牢狱之灾，她甚至不惜冒着被牵连的危险，四处求人。谁知现在他竟堂而皇之地向她要另一个女人的联系方式，她不由得内心挫败。

其实，苏青真的想多了。胡兰成赞美女人的功夫绝对一流。比如，他说张爱玲是临水照花人，炎樱是窗纸上的梅花……

苏青迟疑了好一会儿才回答："张爱玲她不见客。"胡兰成表示没关系。然后，苏青很勉强地把地址给了胡兰成。

把妹达人胡兰成怎会看不出苏青的情谊，只不过他选择了忽视而已。

在他把妹的菜谱里，没有苏青这道菜。

　　胡兰成第一次见张爱玲果然是吃了闭门羹。然而，胡兰成很坦荡地留下了写着自己地址跟电话的纸条，施施然而去。

　　胡兰成深谙：不是所有的事情都可以如愿以偿，但所有的事情都值得一试，把妹也不例外。

　　这个自命风流的才子，有着博爱天下的心肠，用现代话说，他是典型的"集邮男"。

　　真见了面，满以为会见到娇小玲珑，眉目如画，气质冷清美女的他，在见到张爱玲后，意识到自己想多了。他第一觉得张爱玲个子太高，二是觉得她坐在那里，幼稚可怜，不像作家，倒像个未成熟的女学生。

　　张爱玲并不符合胡兰成的审美标准，她不美丽，亦不是那种让人马上喜欢上的女子，但她身上有种别致的气质。当然这并不妨碍他将她收入集邮册。

　　虽然有些小小的失望，但并没觉得很挫败，两人相谈甚欢，从品评时下流行作品，到问起张爱玲每月写稿收入。

　　胡兰成知道战时文化人清苦，也天真地以为张爱玲生活贫寒。于是，他故意以关心的口吻问起她的稿费收入，其实是为了在她面前彰显自己的优越感。

　　张爱玲似乎并未察觉胡兰成的变态心理，竟如实相告。

　　胡兰成听后，蔫了。她的收入居然比他高！

　　张爱玲要走，胡兰成送她到弄堂，并肩而行，彼此内心恍惚。胡兰成装作不经意地说了句："你的身材这么高，这怎么可以？"

　　果然是把妹高手，只这一句，就把两人的距离拉近，张爱玲初感诧异，随即心生欢喜。

第二天，胡兰成回访张爱玲。她竟刻意为他打扮，宝蓝色短袄，带了嫩黄色边框眼镜，简单而不失柔艳。

当晚，他给张爱玲写了一封信，内容大概是一首新诗，张爱玲回信："因为懂得，所以慈悲。"

从此，胡兰成每隔一天便去看望爱玲。

张爱玲的姑姑张茂渊见此情景，不由为爱玲担心，她认为胡□的背景太不干净，再者又有妻妾子女，张爱玲如此清白的一个大家闺秀，与他交往过密，会遭人说闲话。

张爱玲毕竟身处红尘，亦知人言可畏。这段爱情原来是这样不圆满，令她心生凄凉和慌乱。她忐忑地给胡兰成送去了一张字条："以后不要再相见了。"

自傲的胡兰成照来不误，索性天天来，而张爱玲依旧掩饰不住内心的欢喜。

张茂渊亦是爱过的人，不会不懂，所以她不再劝阻。

张茂渊对人对事清冷，唯独对爱炽热执着。

张爱玲曾说，有次她的膝盖撞到玻璃上血流不止，姑姑仅仅瞥了一眼，关心的却是撞坏的玻璃。

于是，张爱玲赶紧找人配了一块，而那时的她经济并不宽裕。而张茂渊对爱情的执着，简直可以载入《吉尼斯世界纪录大全》。

25 岁那年，在开往英国的轮船上，她与 26 岁的英俊才子李开弟相遇，从此便坠入爱河，无法泅渡。无奈李开弟已有婚约在身，两人只能分手挥别。后来，他结婚，夫妻恩爱，直到李开弟的老伴去世，张茂渊才以 78 岁的高龄嫁给他。

在这长达 50 年的等待中，张茂渊由青春少女变成耄耋之人，只能用自己最难看的光景面对自己最爱的人。而李开弟不过是在原配死了后才娶了她，他一辈子什么都没耽误。或许娶她，也仅仅是为了给她一个交代。

我一直认为，张茂渊爱上的并非李开弟本人，而是爱情本身，她活在自己的想象里，而李开弟不过是个爱情载体。

张爱玲并不欣赏张茂渊这种爱的执着，她是个对爱果决的女子，如若不爱，从此陌路。

当然这是后话。

此时，张爱玲正和胡兰成如胶似漆。

胡兰成这么评价张爱玲："爱玲极艳，她却又壮阔，寻常都有石破天惊，她完全是理性的，理性到得如同数学。"张爱玲不算漂亮，这样的美，也只有胡兰成才可以挖掘，并大肆赞扬。

某日胡兰成偶然说起张爱玲在《天地》上的那张照片，翌日她便取了给他，背后写着："见了他，她变得很低很低，低到尘埃，但她心里是欢喜的，从尘埃里开出花来。"

这句话让胡兰成觉得特别有面子，以至于他在文章里不断提及炫耀。

或许很多都不明白清高孤傲的张爱玲怎会如此自贬身价，而我想说的是，这正是她自信的表现。

因为自信，她才会把这句话赠予他，因为自信，她才不会在乎别人的看法。

胡兰成在《今生今世》里写过："我已有妻室，她并不在意。我有许多女友，乃至狎妓游玩，她亦不会吃醋。她倒是愿意世上所有的女子都喜欢我。"

或许是张爱玲太过自信，相信自己终究和他周围那些莺莺燕燕不同。

她有着显赫的身世，外曾祖父是李鸿章，祖父是张佩纶，这个家族的人物曾经影响了中国历史的发展。而她也有着旷世才华，她的身世和才华都是胡兰成向人炫耀的资本。

张爱玲24岁，胡兰成38岁，他为顾到日后时局的变动不至于连累她，没有举行仪式，只写婚书为证：胡兰成张爱玲签订终身，结为夫妻，愿使岁月静好，现世安稳。上两句是张爱玲写的，后两句是胡兰成加的，旁写炎樱为媒证。

没有任何仪式，张爱玲就这样将自己"别致"地嫁掉了。

村上春树说：仪式是一件很重要的事，值得敬畏。

而爱的本身，就是一件充满仪式感的事。

它告诉对方，时时刻刻，我把你放在心上。

而这场婚姻却没有仪式，因此它不值得敬畏，日后他当然不会把她放在心上。

不久，胡兰成来武汉为日本人创办《大楚报》，也就是在这期间风流成性的他又勾搭上了17岁的实习护士小周。

胡兰成的可笑之处，在于他热衷于美化这种爱好，并让众人皆知。他竟然写信告诉新婚的妻子，信中都是对小周的赞美之词。不晓得他是为了炫耀，还是真的把爱玲当作"别致"的女子，乐于和别的女子分享丈夫的爱。

毕竟新婚不久，张爱玲虽心有不爽，但还是忍了下来，决定以守为攻，给他发一枚"勋章"。

于是，她淡淡回了句："我是最妒忌的女人，但是当然高兴你在那里生活不太枯寂。"

　　其实，这句话表达了两层意思：第一，不要触碰我的底线；第二，玩玩可以，不要认真。

　　不晓得胡兰成是脑残，还是想挑战爱玲的底线，回到上海时，他又津津乐道地对她叙述和小周的故事。

　　这次爱玲知道，他是真的爱上了小周。

　　虽然心中酸涩，但并没表现出妒意，只淡淡地讲了一个故事，她说姑姑洋行里有个外国人对她姑姑说，看好张爱玲的冷艳，想和她发生关系，每月可贴些小钱，聊以贴补费用，她说对此诱惑并没一点反感。

　　其实，张爱玲是想通过这件事告诉胡兰成，你可以拈花惹草，我也可以红杏出墙。然而，自信心爆棚的胡兰成，却不以为意，心里冷哼：爱玲是何等女子，怎会看上这种洋鬼子？

　　不久，日本战败，国民政府通缉卖国汉奸，胡兰成名列其中。他告别张爱玲，开始了逃亡生活。

　　人说饱暖思淫欲，可胡兰成在温饱难以解决的逃亡途中，依旧不忘把妹。只是这次把的妹是个寡妇，没有那么高大上。

　　在温州，他和寡妇范秀美以夫妻相称，过起了烟火俗世的生活。上海的一切，犹如一场前世的梦，早已被他抛在脑后。

　　然而这时，张爱玲寻了过来。

　　她的突然到来，令胡兰成措手不及。胡兰成曾说他与张爱玲何时都像天上人间，如今他不愿让她看到自己落魄乡野的狼狈模样。相见之时，他不但不惊喜，反而生怒："你来做什么？还不快回去！"

那一刻，她感到血从心脏涌出，血是热的，但她的心却是冷的。

更奇葩的是，胡兰成不仅对外宣称张爱玲是他妹妹，甚至要她给范秀美画像。

或许，他是用这种决绝的方式，逼迫张爱玲早点离开。

很多人不明白，无论是家世、出身还是才华，范秀美和张爱玲都不在一个档次。胡兰成为什么宁愿伤爱玲的心，也不愿意放弃范秀美？

其实，我想说的是，男人择偶是根据自己所处的环境来的，此时的胡兰成穷困潦倒，自顾不暇，哪还有闲情逸致谈诗论画，他需要一份俗世安稳的生活，而张爱玲是仙境中的爱，显然无法满足他的俗世要求。

这点也可以看出，胡兰成是个现实且目光短浅的男人，他只顾眼前的舒适，没有长远的打算。

张爱玲从小缺失温暖，胡兰成的出现，让她以为找到了温暖。

却不知，温暖是奢侈的东西，奢侈到需要用很深的寒冷和疼痛才能体现。

于是，张爱玲带着支离破碎的心，离开了温州。

不久，她给他寄了一封信："我想过，我倘使不得不离开你，亦不会寻短见，亦不能够再爱人，我将只是萎谢了。"

随信寄出的还有 30 万块钱。

既然情已逝，就不相欠，分手的姿态一定要漂亮。

自信爆棚的胡兰成还以为爱玲只是矫情地撒撒娇，依然对他爱意满满。

否则，怎会担心他受苦，寄钱给他呢？

几个月后，他回到上海，见到爱玲竟责怪她上次在温州时对当地习俗不尊重，使得他难堪。

然后，他又拿出记叙着他和小周恋情的《武汉记》给张爱玲看。

或许，胡兰成是想用这种决绝的方式逼迫张爱玲分手，毕竟现在的他犹如一只丧家犬，再也无法给她仙境里的爱，他不愿拖累她。

离了他，或许她会生活得更好。

第二天，离别时，胡兰成向她道别，俯身吻她，她伸出手紧紧抱着他，泪水涟涟，哽咽地叫了一声"兰成"，泣不成声。

这个 Goodbye kiss 是对这段昙花一现的爱情的告别，从此萧郎似路人。

她的泪水是对这段千疮百孔婚姻的祭奠，与爱无关。

后来，胡兰成凭借不错的文笔，认识了一些社会贤达人士，似乎又开始春风得意，于是，他开始写信撩拨张爱玲。

或许，在他看来，之前的颠沛潦倒，不配拥有与爱玲的仙境之爱，而此时，他以为柳暗花明，自以为配得上爱玲的仙境之爱。

殊不知张爱玲是个果决的女子，对爱，拿得起，亦放得下。

她态度决绝地回信告诉他，自己已不再喜欢他了，他的好坏与自己无关，请不要再自作多情地打扰她。

灯笼易碎，恩宠难回。

他的岁月静好，终究与她无关。

然而，他带给她"汉奸妻"的恶名，却将她钉在耻辱柱上，不仅阻碍着她事业的发展，也间接隔断了她的一段良缘。

他的现世安稳，带给她的却是半生的颠沛流离。

## 现实凉薄，难觅良人

1946 年，抗战胜利，胡兰成背着汉奸的罪名，四处逃窜，张爱玲也因此牵连。虽然他们已无瓜葛，但当时的上海，舆论对张爱玲很不利，她被一些人视为文化汉奸，百口莫辩，只好搁笔。而这时导演桑弧邀约张爱玲写一部电影剧本，这个邀请无疑让她重新看到曙光。

张爱玲与桑弧合作的第一部电影是《不了情》，强大的演员阵容在当时引起了轰动。如此收获，让桑弧信心倍增，他又让张爱玲写了《太太万岁》，该片也是场场爆满。

电影带来的轰动效应，让沉寂的张爱玲再次浮出水面。

对桑弧，张爱玲是感激的，她感激他不畏舆论，给自己机会，让她再创辉煌。

别样的情愫也在两人频繁的接触中发酵。只是桑弧虽然有才华，但为人忠厚，性格拘谨，不会对女人甜言蜜语。而张爱玲性格孤傲清冷，在感情上从不主动出击。

那时众人觉得桑弧和张爱玲是一对璧人，一个未婚，一个前缘已尽。桑弧是大导演，张爱玲是大作家，两人若在一起，岂不是天作之合？

或许张爱玲心中也曾这样认为，她等待着桑弧的告白，渴盼着他是她生命中的那个良人，完成她岁月静好的梦想。

可惜，现实再次让她失望。

一次，她在他面前提起与胡兰成的往事，并用赌一把的心态告诉他，自己宫颈折断，无法怀孕。那一刻，她看到了桑弧眼底的迟疑和躲闪。

清透如张爱玲，在心底冷冷地笑，终究他是个自私的平凡男人，不是可以承担自己过去的他。

桑弧虽然在事业上不畏舆论，但在个人感情上，却自私狭隘，他介意张爱玲的过去，那段与胡兰成的往事是横亘在他心底的硬伤，而现在，他又知道，张爱玲无法生育，当然更加难以接受。

虽然他也喜欢张爱玲，喜欢她的才气，喜欢她的别致，喜欢她的孤冷……但这些终究不敌现实的难堪。

他的这些喜欢，在现实面前，不堪一击。

在感情上，张爱玲虽然敢爱敢恨，但她亦有她的骄傲和矜持。

所以，当不明真相的热心朋友，向张爱玲说媒，想把桑弧介绍给她时，她并不言语，只是连摇了三次头。她用沉默的方式回绝了这份好意，她冷傲地选择了拒绝，用体面的姿态保全了自尊。

后来，桑弧娶了圈外女子，彼此相敬如宾。也许这样的生活更适合桑弧，以他的个性，禁不起感情的骇浪。

而张爱玲注定不会是一个平凡的女子，她给不起桑弧寻常的烟火幸福。她内心叛逆而孤冷，不是桑弧所能承受的。这朵尘埃里开出的花只适合在远处默默地欣赏。他没有采摘的勇气，也没有采摘的资格。

隔年，张爱玲从上海去了香港。他们从此天各一方，再无相见。

直到1995年张爱玲去世，许多人写文怀念张爱玲，唯独桑弧一直保持沉默。

可见，他终究是个善良的男子，沉默是他对她最好的送别。

### 背负包袱，只为相守的梦想

张爱玲初到美国，经济拮据，申请进入了麦克道威尔文艺营。在这里，张爱玲遇到了她生命中的第二任丈夫——赖雅。

赖雅是犹太籍美国人，个性洒脱，处事豪放，结过一次婚，有一个女儿。但生性奔放自由的他，不适应婚姻的束缚，之后离了婚。从此周游列国，卖字为生。

他来麦克道威尔文艺营，是希望在年华老去时还可以重振文学雄风，却不料，命运给了他一个意外的恩赐。让他在晚年时，遇到张爱玲。

那年，张爱玲36岁，可谓风华正茂，赖雅65岁，当为风烛残年。很多人无法理解，冷傲高贵的张爱玲，为什么会和这个穷困潦倒的外国老头在一起？

有时候感情的发酵，得益于天时地利人和。

那年的张爱玲初到异国，人地生不熟，却赶上了有史以来最为寒冷的暴风雪，这是张爱玲从未体验过的。

赖雅的出现，犹如一道亮光，温暖着她孤独寒冷的心。

这个白发老人，幽默健谈，总是一袭白衣白裤颇具绅士风度。他是一个有智慧、有涵养的人，是一个童心未泯的温厚长者。他丰沛的思想，就是最大的财富。他与张爱玲谈《秧歌》的改编，给她的《粉泪》提建议，而这些成了打动张爱玲的优势。

在那个零下34摄氏度的冬天，张爱玲和赖雅都需要精神和身体的温暖相拥，以抵御这场异常寒冷的暴风雪。

虽然他们相差近30岁，但并不影响她们身体的靠近和思想的交流。

　　或许此时的张爱玲早已忘记凡尘的一切，她只是一个孤单的女人，需要一个懂得的男人给她慰藉。

　　其实，张爱玲之前只想过简单的偎依，并没打算跟赖雅结婚。而一直四海为家，过惯了单身生活的赖雅，也没想过要为某个女人停留。所以当赖雅在麦克道威尔文艺营的期限到了，他只能离开。走的时候，他给不起诺言，她亦不稀罕他的诺言，却在送他之时，把仅有的一点钱给了他。

　　或许这些钱，在张爱玲看来，仅仅是对他这几月陪伴的感谢，无关其他。

　　此去经年，对人，对物，她依旧不愿相欠。

　　然而命运却给他们开了一个不小的玩笑，张爱玲发现自己怀孕了，她把这个消息写信告诉了赖雅。

　　赖雅觉得自己应该负责，于是向张爱玲求婚，他认为这是对张爱玲起码的尊重。

　　或许，对于一个男人来说，此时的求婚，对要求张爱玲人流的提出更有底气。

　　所谓年迈和没钱都是借口，唯一能解释的就是不愿承担养育的责任。

　　自私是男人的本性，与年龄无关。

　　他只考虑自己的现状，却从未想过自己百年之后，张爱玲的余生该如何度过，毕竟他比她大三十岁。

　　面对赖雅的求婚，张爱玲毫不犹豫地答应了，同时也答应了人流的要求。

她想有个家，即使这个家与爱无关。

从小到大，她都渴望家的温暖，可惜父母给不了她，胡兰成辜负了她，桑弧不愿接受她，唯有赖雅愿意成全她。

对于这点，张爱玲对赖雅心存感激。

他让她在异国他乡，终于有了一个家。

一个月后，两人举行了简单的婚礼，这次同样是炎樱做证婚人。真是"年年岁岁花相似，岁岁年年人不同"，两场婚礼，一个证婚人，依旧没有隆重的仪式。

这年张爱玲36岁，赖雅65岁，这场婚礼，离他们相识仅仅半年。

婚后不到两个月，赖雅再次中风，并接近死亡，最后算是挺了过来。他们依旧居无定所，靠张爱玲卖字为生。

或许，这就是张爱玲不可逃脱的情劫吧。当年，她为了胡兰成芳华落尽，如今又要为赖雅艰辛耕耘。她是一个女人，却一生未享受过女人该拥有的幸福。她一直有一个关于家的梦想，却想不到这个家成了压在她身上的包袱。和赖雅结婚后，张爱玲所有的时间除了写作挣钱，就是照顾赖雅的生活。

后来，赖雅又摔了一跤，摔断了股骨，行动更加不便。紧接着，他又频繁中风好几次，最后瘫痪在床，大小便失禁，饮食起居全靠张爱玲照料。

这个男人只给过她短暂的欢愉，却要她背负十几年的重担。如果说胡兰成让她萎谢，让她痛哭流泪，那么赖雅则让她寂灭，让她欲哭无泪。

这该是一种怎样的悲凉啊。

　　她的冷漠孤傲是为了抵御外界的伤害，而她内心却温暖善良，她从未想过弃赖雅而去。

　　赖雅去世这年，他 76 岁，她 47 岁。十一年的风雨沧桑，十一年的彼此相伴，每一个日子都真实刻骨，她虽然有了一个家，却从未得到她想要的现世安稳。

　　赖雅死后，47 岁的张爱玲说："我有时觉得，我是一座孤岛。"

　　赖雅的死让张爱玲的心再次成为孤岛，无家可归。赖雅去世后，张爱玲离群索居，很少见人。

　　1995 年 7 月，她的房屋租约到期，当时她无法预料即将来临的死亡通知，向房东续租了两年。

　　谁知两个月后的 9 月 8 日，洛杉矶警察局根据报警，打开了张爱玲房门，发现她凄凉地平躺在卧室靠墙的行军床上，身下垫着一床灰色毛毯，身上没有盖任何东西，已去世三四天。

　　张爱玲把最重要的文件等放在手提袋里，把手提袋放置在靠房门口的一张折叠桌上。显然，她是在不愿惊动任何人的情况下，是有准备地独自走向人生的尽头。

　　面对死亡，她依旧能如此清醒冷静。她就这样孤独地走完了自己 75 年的人生历程。

　　不知弥留之际，她的心中是否会有遗憾？无论是胡兰成、桑弧还是赖雅，都未曾给过她现世安稳。

　　我想，张爱玲唯一爱过的只有胡兰成，对桑弧更多的是感激，而对赖雅则是关于家的眷念。

　　滚滚红尘，她依旧是那个用冷漠化解伤害的孤独行者。

　　她的一生终究未遇到成全她岁月静好，现世安稳的良人。

萧红：

爱都成了昨夜的梦

　　说到民国的才女，有一位是绕不过去的，那就是《生死场》的作者、被誉为 30 年代的文学洛神萧红。萧红在文坛初露锋芒跟鲁迅先生的扶持离不了关系。鲁迅在接受美国记者采访时，曾夸赞萧红是当时中国最有前途的女作家。

**黄金岁月的暧昧情怀**

　　萧红本名张乃莹，她和多位知名男性作家都有过密切交往，这也让她的生平变得有色有味。其中最赫赫有名的就是文学泰斗鲁迅。萧红认识鲁迅的时候，鲁迅已经是文学大咖，站在神坛上俯瞰一众文艺青年，那时的萧红还是一枚文学小兵，跟在萧军后面，过着颠沛流离的生活，吃了上顿没下顿。

　　萧红并不是那种一眼便能让人生怜的女子，她圆脸蛋大眼睛，从外表看也顶多是略为出色的女学生样，她不美，却爱笑，性格天真活泼。在跟鲁迅见面之前，曾跟鲁迅通过书信，当然是以萧军萧红二人共同的名义。

时隔几次，萧红便在信中发出娇嗔的抗议，不许鲁迅在信里称呼她为女士。"不许"这个词很有意思，多数时候代表的是一种模棱两可的态度，如果稍加喜欢，便可理解为撒娇；如果十分厌烦，那则可以理解为疏远。不巧的是，鲁迅恰好喜欢"悄女士"用的这个词。可能正是萧红这种不拘一格的性格让鲁迅眼前一亮，他甚至回信调皮地开玩笑，说悄女士（萧红当时发表作品的笔名为悄吟）提出抗议，但叫他怎么写呢？悄婶子、悄姊姊、悄妹妹、悄侄女——都并不好，所以他想，还是夫人太太，或是女士先生吧。可以说是萧红这种孩子撒娇式的书信，拉近了她和鲁迅之间的关系，使他们见面以及交往后，都没有太多的拘谨。

鲁迅的平易近人，让萧红产生了极度的好感，为了方便上门请教，她和萧军搬到了鲁迅家附近。

不得不说，萧红在人际关系方面时常表现出一种"不太懂事"来，当然也可以理解为萧红对文学的执着，或者对文坛神话的痴迷。这使得她有点自来熟，有事没事常去鲁迅家"叨扰"，叨扰得萧军都烦了，转身寻找自己的艳遇去了；叨扰得许广平悄悄给别人诉苦，说萧红一来就是半天，害得他（鲁迅）连休息的时间都没有。但没办法，谁让萧红喜欢跟（鲁迅）先生聊天呢，而先生也乐于被萧红"打扰"。

于是，萧红经常跟鲁迅聊到了十二点，没有电车了，许广平还得送萧红坐小汽车回去。萧红不仅会跟鲁迅聊天，还会逗鲁迅笑，不知道她讲了什么喜人的事情，严肃古板的鲁迅笑得烟卷都拿不住了，笑得咳嗽起来。

我想，除了萧红讲"笑话"的能力超强外，最主要的是因为是萧红在讲，愿意听了什么都可以作为笑料，再捧场一些，喜欢的女子即使一句平常普通的话，对方都能听出三五层意思来。换作许广平，就未必会有这样的效果。

当然，这只是我的猜想。我就不相信，楼下的许广平干着家务，听到楼上丈夫跟其他女子传来的爽朗笑声，她心里不抽搐。心里有了疙瘩，肯定多少会给萧红脸色看，话语里岂能不夹一些唾沫星子？

这正是萧红一个月没有上楼去的原因吧。也许她在心里告诫自己，但能管得住脚却管不住心，她心里虽不安，还是上了二楼。萧红不仅上了二楼，她还进了卧室，进去了才知道自己不该来，觉得站也不是坐也不是。就连许广平让她吃茶，都看不见了。这种静默夹杂着些余尴尬，不知道许广平跟鲁迅是怎么解释萧红一月余不来家里的，只知道鲁迅见了萧红，很是关切，首先发现萧红瘦了，让她多吃一些。萧红按捺不住自己快言快语的性子，反口就问鲁迅怎么不多吃些。鲁迅听完了爽朗地笑了，因为他知道那个他熟悉的萧红又回来了。

说起来，萧红得以经常出入鲁迅的家里，开始少不得有萧军的身份作掩护。萧红是作为萧军家属出现在鲁迅家的，这让许广平少了些许防备。等萧军不再来时，防备也没有用了，因为萧红已经跟鲁迅混成了熟人，即使许广平不邀请，萧红该来还是会来。当然，也不排除许广平的"容忍大度"。其实我认为鲁迅的默许才是问题的关键，他默许萧红想几时来家里就几时来，他默许萧红想跟许广平包饺子就包饺子，想做菜盒就做菜盒，他也默许萧红咚咚咚地上楼。当然谁知道鲁迅听到萧红的脚步声是喜是烦，也许萧红发出的在许广平看来恼人的声响，正是鲁迅心里殷殷的期盼。

种种信息反映出来的是，鲁迅喜欢萧红的到访，并乐此不疲地跟她聊天。萧红还听过鲁迅讲鬼故事，哪个文学大咖会对一个不怎么喜欢的女人侃侃而谈？若非喜欢，估计早都赶出书房了，哪里还会像祖父一样，把男人最温情的一面拿出来，展示给萧红看呢？

从萧红回忆鲁迅先生的文字里，我们能看到的是两个人内心的默契，无关年龄，无关是否拜师，也无关许广平和萧军，仅仅是萧红和鲁迅。

萧红和鲁迅之间有一些无法言说的情怀，在文字间氤氲开来，隔着一层薄纱，谁也不想去捅破。就这样，享受着如初恋一样的青春情怀，又不必对各自的爱人说抱歉，距离把握得恰到好处。前提是忽略苦闷的萧军，在萧军出轨的事情上众说纷纭，但我想如果萧红真的关心萧军，能把大量的时间花费到鲁迅的书房里吗？萧红和萧军冷战也好，家暴也罢，一个巴掌能拍出响声吗？在这里就不去追究他们两人的对与错，只想说此时萧红的眼里只有鲁迅，萧军早都被抛到九霄云外去了。

萧红无事常登三宝殿，天晴出太阳了，也要气喘吁吁地跑去告诉鲁迅。她并非不明白对鲁迅而言，时间和宁静意味着什么，也正是鲁迅惯以保持的这种宁静，才使得他更喜欢与萧红交往。萧红是活泼的、跳跃的，甚至很多时候还有些神经质，但正是这样的女子才能更让人切身感受到"青春"两个字，和年轻的女子相处，能激起鲁迅心里的浪花。

所以萧红一到鲁迅的书房，只需浅浅一笑，他说："来了"，她答："来了"。有话的时候聊几句，没话的时候萧红进鲁迅的书房如过厅堂。萧红说自己太懒，让鲁迅时时提醒她，像严师那样催促她打她的手心，轻吟浅笑间，总有一股淡淡的暧昧在屋里徘徊。萧红懒，再加上爱睡觉，极易发胖，鲁迅便戏称她如果成"胖蝈蝈"，便能写出"胖蝈蝈"样的文章。

那个时代，谁能跟鲁迅接触，无异于平地惊雷，而萧红这样一个小女子却有这样的幸运，让人既惊讶又羡慕。当然萧红的出名离不开鲁迅的提携，如果把《生死场》比作萧红的亲生孩子，那鲁迅便是尽职的干爹，亲自写序、找人为其写后记、大力推荐，如数家珍地点评萧红的小说，赞扬萧红描写的东北人民对于生的坚强和死的挣扎，已经力透纸背。

世人常说，千里马常有而伯乐不常有，而鲁迅先生作为萧红的伯乐无可厚非，当然鲁迅先生从当时众多的文青中推出萧红也并非偶然，萧红的小说作品，时隔几十年，依然被视为文学史上的经典。

## 人尽皆知的逃婚闹剧

不去看始末，把时间倒回民国，只看"逃婚"二字，你是不是对萧红立马肃然起敬？那个年代只听说哪个男子不愿意跟包办妻子结婚,还没听说哪个女子能弃了未婚夫另嫁他人。然而萧红却迈出了这惊人的一步,最终成了呼兰河畔人人皆知的"笑闻"。

要逃婚你就逃,没人多说什么。解除了婚约,大概被人们当成茶饭后的谈资,没几天也就淡忘了。然而,萧红却让人把这个话题嚼了又嚼,原因在于她不愿意跟未婚夫王恩甲结婚,逃婚到北平去上高中。王恩甲怎么说也是官二代,人长得周正,上初中时,王恩甲还常去中学看望萧红,萧红也曾亲手织一条围巾赠送给他。两个人若说没有感情基础不太可能,较多的说法是王恩甲抽大烟,一身纨绔子弟的习气让萧红不喜。那萧红怪就怪在,你既然认定王恩甲非己良人,就一棒子打死算了,结果倒好,逃婚也罢,出走也罢,把全呼兰河的水都搅浑了之后,你啪一个猛子又钻回了王恩甲的怀里,让人说你什么是好呢?

说到这里就不得不说,萧红之所以要去北平读高中,除了受到表哥陆哲舜的唆使之外,陆哲舜的同学李洁吾给萧红描述的北平也是极具蛊惑的。萧红假意答应结婚,用王家送来的礼钱买了件好大衣,穿上就去了北平。现实却给了她最重的一巴掌——被家里斩断经济来源的陆哲舜也毅然转身,回到了包办妻子的怀抱。

在此期间,李洁吾在北平期间对萧红更是百般照顾,有一次还把想占萧红便宜的陆哲舜骂哭了,甚至于自己口袋没钱还跟同学借钱给萧红维持生计。萧红回家后被父亲限制外出,李洁吾还寄去诗集,把特意倒换的钱票藏在诗集夹层里暗示萧红去找,示意她可以以此作为路费早点回到北平。

萧红逃婚事件,惹得家里人十分恼怒,父亲将她送到乡下囚禁,伯父骂骂咧咧声称要弄死她。萧红无法忍受这种没有自由的生活，在姑姑的帮助下再次从家里逃出，这一次萧红是跟家里彻底决裂了，直到死，她都没有再回过家。

虽然萧红接受了新思潮，一心想走新女性的道路，可是苦于她自己没有生活来源，一个零收入的女人再有本事也蹦跶不出二里地。萧红一来二去，把自己明媒正娶的亲事作没了。没人供萧红上高中了，萧红便跟王恩甲租住在东兴顺旅馆，本来光明正大的准夫妻，成了华丽丽的同居关系。当王恩甲回家取钱时，还被大哥扣留在家，简直跟小孩过家家一样搞笑。萧红一气之下状告王家大哥代弟休妻，此事闹得又是风又是雨，最终王恩甲为了家庭面子，在法院上承认是自己要离婚，法院当场判了两人离婚。

萧红不知道这意味着自己跟王恩甲往后的路将更加难走，在王的道歉示好、甜言蜜语下，她便把自己的一口怨气咽了下去了。

要知道，王恩甲的工资根本养活不了两人，生活也多靠家里供给，家里一旦抽去了资助的扶梯，两个人要靠什么生活？而萧红只是稀里糊涂地跟着王恩甲混日子，也不去盘算下一步路该怎么走。最终结果就是，当萧红怀孕临产时，王恩甲已经在旅馆欠下巨债。王恩甲说是回家取钱，从此一去不返。

萧红的逃婚事件开始得惊天动地，结束得无比狗血。且不论谁是谁非，单看萧红在解决婚配问题时，表现得就极不成熟，可以顾头不顾尾。她有一股子热辣劲，却没有为自己前途谋算的心计，只管走一步看一步，走不下去了就退回去，却不知退回去一切都变味了。

和被退婚的第一人张幼仪相比，张幼仪活得风生水起，况且她还是被迫退婚的，但好在张幼仪有远见，知道用知识武装自己，知道暂时逃离当时的环境有利于休养生息，知道怎样才能让自己活得更好，张幼仪也确实做到了，留学、开店、当老板，样样事情都做得让人不由想喝彩。

而萧红，自己选择了退婚、逃婚，最终却把自己逼到了死胡同，从此跟家里断绝了关系，结果菟丝花没做成，还差点折了自己的枝叶。如果不是萧军的及时出现，可能萧红被卖到妓院留下一世艳名也难说。

萧红是个有急才的人，她灵机一动，给哈尔滨《国际协报》副刊编辑裴馨园写信求助，说旅馆老板要卖人。虽说欠债还钱，天经地义，但萧红能避重就轻地喊来裴馨园江湖救急，还是有些本事的，而此前萧红仅仅只是给裴馨园投过稿而已，可见萧红在游说方面的天赋。

这时当仁不让的男一号出现了，他就是萧军，原名刘鸿霖。萧军是裴馨园的助理，被领导派去给萧红"送温暖"，这一来二去，身怀六甲的萧红像磁铁一样吸引了他。在萧军上蹿下跳，苦于凑不齐旅馆几百元的欠款苦恼时，松花江决堤连日来的洪水把萧红冲到了萧军的生活里，从此两人开始了长达六年之久的同居生活。

因为长期借住裴家，引起裴家老母和妻子的反感，萧军跟裴家人发生了激烈的争吵，最终丢掉了一个月三十块钱的助理工作。从裴家搬了出来，没有生活来源的萧军和萧红的日子过得清苦起来，时常借钱度日。

为了谋生，萧军亦文亦武，他身材高大健硕，为了栖身，找了份管住的教武术的工作，才跟萧红落下脚来。除此之外，萧军还四处当家教，一分钱恨不得掰成几瓣花。那时，萧红见别人三角钱买松子都羡慕得不行，要知道她和萧军有时候五毛钱要省着用三天。

清贫的日子有苦也有乐，情投意合的萧红和萧军，因为文学结下了不解之缘。这两个有"流浪细胞"的人，经常拿着三角琴弹，在一起弹唱，心境快活而诗意，倒也恣意洒脱。说是苦中作乐也罢，说是有情饮水饱也好，反正那时候的萧红也没见怎么叫苦。

萧红和萧军那几年也确实过得琴瑟和鸣，前提是忽略饥饿。在萧红的小说当中，描写过饥饿的感觉入木三分，按理说萧红出身富农兼官二代，对饥饿怎么可能有那么深刻的感受，估计跟当时和萧军生活的境况脱不了关系。

萧红也不是什么巧妇，饭做得稀里糊涂，烧焦煮煳是常有的事情。再加上日子不宽松，萧红见到自己的中学同学穿着时尚，直感叹自己"只有饥寒，没有青春"。

作为一名合格的女文青，怎么能没有文学偶像呢。这时候，鲁迅进入了萧红的视野。这个像神一样存在的人，自然成了萧红膜拜的第一对象。萧红的想法一出，萧军二话不说就拍板附和，很快一封写给鲁迅的信从呼兰河发出了。

出人意料的是，鲁迅居然给萧红和萧军回信了。萧红自然乐得一蹦三尺高，萧军也挺高兴，文学信仰这东西在二人身上从来都不缺。从那以后，萧红跟鲁迅成为"铁杆笔友"。在此期间，萧军在《青岛晨报》任主编，生活稍有改善，萧红便把时间和心思，从柴米油盐上放到了中篇小说《生死场》上。该书后来在鲁迅的周旋下出版。鲁迅称赞萧红和萧军是中国左翼文学的两个实力作家，这让萧红和萧军在文坛站稳了脚跟。

后来，萧红跟萧军搬去上海，便时常去拜访鲁迅，慢慢熟稔起来。此时，萧红和萧军的文学成就也越来越大，尤其是萧红，《生死场》带给她雪花般的赞誉。

然而，萧红跟萧军的关系却没有以前紧密了，两人时常发生口角，萧军时常和朋友嘲讽萧红的文章，蔑视的口气令萧红非常不爽。不知道是萧红的成名刺激到了萧军，还是内心里萧军确实看不上萧红的作品。总之，两人的感情出现了裂痕。

萧军几次动手打得萧红鼻青脸肿。当然也有人揣测是萧红与他人暗生情愫，萧军气不过才动手。更多的说法是萧军和上海学生陈涓有了牵连，想跟萧红断绝关系，萧红不愿意便拳脚相加。萧红无法忍受萧军的背叛，觉得自己受到了侮辱和慢待。

烦闷和哀愁便一直困扰着萧红。她更喜欢去鲁迅家了，就连广平都说她心里苦，还没个地方可去。

听了这话，也确实为萧红悲哀，除了经常给她的作品竖起大拇指的文学朋友外，她居然找不到一个可以倾诉的闺密或者知己。

萧红和萧军闹矛盾最凶的时候，两人分开过一段时间，其间萧红去了上海找李洁吾，并在李洁吾家里住了许久。

当时，李洁吾结婚不久，有个刚满周岁的女儿。开始李洁吾的妻子也不喜欢萧红，因为萧红的"举止不端"，也许是跟萧军的不愉快，让萧红控制不住内心的委屈，见到李洁吾跟见了亲人似的，二话不说便上前拥抱，丝毫不避讳李洁吾的妻子。

不知道该说萧红是太过坦荡心里没鬼，还是该说萧红太没有男女之防。总之，为这件事，李洁吾的妻子第二天就要扔下孩子闹着要出走。后来不知为何，萧红居然跟李洁吾的妻子成了好友，并被允许去家里叨扰了近十天。这也不得不说萧红的口才一流，都能把视她为情敌的女人说动，并试图以她为榜样，这也是一种语言能力。

再后来没多久，萧红跟萧军就彻底拜拜了，据说是因为端木蕻良的介入，当然也有说是萧军外遇的问题。萧军于危难的时候解救了萧红，但是两人一直没有结婚，只是同居关系。有很多人都说萧军负心汉，包括萧红说起萧军来也是恨得咬牙切齿，那么萧军是不是那种薄情的人呢？我不以为然，原因有两个：苦也罢难也罢，萧军和萧红在一起时，是全力在担负起一个男人的责任，打几份工养活萧红，萧红没事干经常是在家吃吃睡睡，萧军也没多说什么；而且，很多人说萧军这不好那不好、不是居家好男人等等，那么萧军后来跟王德芬结婚后，一生相守，生了八个孩子又从何讲起？

只能说，萧红和萧军在困难的时候想不起来谈感情，只想着怎么谋生活，而生活一旦好起来，才去审视两人的感情，没有经过磨合、认同的恋情，经不过风霜雨雪。而萧红在生活中太过多愁善感、心高气傲、敏感脆弱的性子，直接导致了萧红和萧军的分手。

至于萧红为何那么恨萧军，这种事情只能说公说公有理婆说婆有理。人常说最好的菜永远在别人桌上，最好的男人也永远在别的女人怀里。萧军和萧红在一起时，萧红是否珍惜不可知否，但萧军离开了萧红，从萧红的态度来讲，肯定是余情未了，要不然一笑泯恩仇就好了，还要把对萧军的控诉四处学说，这多少有点不甘心的意味在里面。

好的是萧军将萧红脱手后，端木蕻良迅速接盘，并跟萧红举行了婚礼。在这里必须一提的是，萧红又是"带球"转手。上一次，萧红怀着王恩甲的孩子投入了萧军的怀抱，那么这一次萧红又带着萧军的孩子跟端木蕻良进入了婚礼殿堂。同样的事，第二次发生在萧红身上，是该赞她心太大，还是该斥责她记吃不记打呢？总之听到萧红三十出头就香消云散时，还是为她悲催的人生感到难过。

## 长不大的小孩

萧红算是出生在书香门第，她出生时难产，真正应了"端午出生不祥之兆"。所以，小时候的萧红是极其孤独的，这种孤独来自于母亲的不喜爱、父亲的冷漠，祖母甚至用针去扎萧红贪玩抠窗户纸的手指头。幸好还有一个六十多岁的祖父为萧红遮挡风雨，他给了萧红童年唯一的温暖。

你不爱我，我便离你远些。于是，童年的萧红便抱着这样心态，跟祖父居住在一起，后花园便是祖孙二人的乐园，种花养菜，读诗看书，倒也优哉游哉。祖父是个标准的文人，他给萧红讲古典诗歌，这些都成为萧红的启蒙教育。

萧红的母亲在她九岁时病故，继母年龄偏小，跟萧红相处得客气又生疏。萧红清冷的性格自然为继母所不喜，可以想象得出这个倔强的小女孩，总是用那双过早洞悉人情世故的冷眸盯着继母，试问继母能喜欢这种打量和审视吗？于是，继母便去父亲那里告萧红的状，父亲地主兼官僚，他一味批评萧红，使得父女二人的关系越发紧张。

童年是一个人性格形成的重要时期，萧红所表现出来的敏感、多疑、多愁善感和从小生活的环境有很大关系。在家庭中她享受不到该有的温暖，心里始终有一块缺失的地方，这也是萧红后来不顾一切，想在爱情中汲取更多爱的原因吧。

萧红的家是地主兼官僚，她勉强也算作是富二代，家中的下人都是贫苦人家，萧红目睹了这些人的生活。父亲毒打晚年病重的下人堂兄，毫不留情地将他赶出家门，都在萧红的心里留下了冰冷的印象。

除此之外，那个年代的童养媳比比皆是，而童养媳的命运则多是悲苦的，赶车人的孙子团圆的媳妇只有12岁，因为说话不避讳和饭量大，便被婆家人吊起来毒打，用烙铁烙脚心，等小女孩奄奄一息的时候才请医生试图搭救性命，可怜的女孩被折磨致死。萧红把这种不幸归结于生为女人身，也曾多次联系到自己身上，视为一生最大的痛苦和不幸。

萧红目睹着这种丑陋、残酷的现实长大，下人的生活给她的震撼和触动，远大于对自己家庭的关注，这也是萧红为何作品中对穷苦的描写让人身临其境的原因。

萧红一方面渴望人与人之间的温情，一方面又怕自己沦落为像团圆媳妇一样的下场，于是她忧郁、感伤，向往理想中的"有爱"生活。这也是为何她总能在一次次失败的恋情中迅速恢复的原因，因为她从来没有放弃过对"爱"的追求。

可以说，在寻爱的路上，她有一种打不死的小强精神。无论是被抛弃，还是主动分开，萧红都能很快满血复活，快速投入下一场恋情当中。

萧红曾说过鲁迅对她是像祖父一样的爱，在她的心中，能跟祖父相对等的爱应该是最好的，姑且以为鲁迅是萧红一生中能让她感受到爱的男人，可能是包容，也可能是赏识。总之，鲁迅弥补了她内心的遗憾，祖父过早去世，萧红渴望的慈爱在鲁迅身上得以延续。

萧红其实是一个未曾长大的孩子，她对外界的依赖，对爱的渴望，都跟童年的经历有关。她习惯于依赖别人。

### 内心的荒芜才是真的荒芜

萧红的文学成就毋庸置疑，但纵观其私生活，可以用现在流行的"话题女王"这个词来形容。撇开她的文学成就不谈，单说两次怀孕，都是从一个男人过渡到另一个男人，第一个孩子送人了，另一个她声称夭折了。

跟王恩甲的孩子出生时，是萧红跟萧军最艰苦的时月，孩子送给一个看门人，这可以理解为萧红有自己的无奈和苦衷。那么跟萧军的孩子却生在了萧红跟端木蕻良的婚姻里，那时候萧红生活安稳，也有大量的稿费收入，为何不愿意留下自己的孩子？萧红对外人称，她和萧军的孩子夭折了。

被男人抛弃的民国女子也不少数，比如董竹君，跟男人离婚后，她不但没有消沉，还积极做自己的事情，开饭馆，一个人养活三个孩子。苏青和张爱玲也遭遇背叛、抛弃，苏青自己养活自己跟孩子；张爱玲就更绝了，她用钱来解决所有的问题。偏偏萧红就没有这样的志气，她离不了男人，所以只好抛弃孩子。这么说有些残忍，只是事实摆在眼前，不容争辩。

临终前，萧红在香港的烟火中忍受病痛折磨，那时候她的丈夫端木蕻良不在身边，说是想办法离开香港。萧红是一个怕孤单的人，尤其是躺在医院里动不了的情况下，她焦虑悲伤，一会儿喜一会儿悲，更多的是悔。这是萧红第一次想回老家，想起父亲。身体出现问题了，才知道陪伴在自己身边的男人也都靠不住，反而唤醒了深藏在萧红心底的亲情。

若说不原谅父亲，他似乎并没有做什么让萧红不能原谅的事情，除了逃婚时把她囚禁这件事情之外。哪个父亲不希望自己的儿女能过得好呢？萧红的父亲虽然不够温情，但在萧红的婚配问题上，他是没有偏差的。王恩甲跟张家相似的门庭高度，王恩甲长相端正举止有礼，典型的富二代公子，敢说不是父亲精挑细选决定的？退一步讲，萧红当时若嫁了王恩甲，相夫教子，凭着王恩甲对她的爱与纵容，萧红吃亏不到哪里去。这样虽然会少一个颠沛流离中的女作家，却会多一个儿孙绕膝的幸福小女人。当然，这只是猜想，原因在于萧红逃婚，让王家脸面无光的情况下，王恩甲还愿意再次接纳萧红，给她花钱买东西，陪她逛街，除了他对萧红的真心，再想不出其他原因。

说到底，萧红是自己害了自己。她向往新女性的自由生活，却因为自己自强不起来，无可避免地成了菟丝花。萧红有新时期独立女性的启蒙意识，却没有新时期女性的睿智图谋。她有点像赌徒，每一步路都在赌，赌赢了皆大欢喜，可偏偏她逢赌必输。

王恩甲，闹得满城风雨要逃离的未婚夫；萧军，于危难中解救自己的铠甲战士；端木蕻良，在萧红渴望平稳婚姻生活时出现的人。这三个人最终都离萧红远去。除了男人的原因，萧红没有自食其力的本领和担当，也是问题的所在。

我时常感觉萧红分不清理想和现实，她总是在现实中寻找理想生活，理想中她的爱情、家庭、婚姻是这样的，可现实生活却是那样的，她不想着以自己的能力去改变，只会质疑、退却。包括萧红跟端木蕻良的婚姻，端木蕻良顶着多大的压力迎娶怀着萧军孩子的萧红，而萧红却没有为端木低到尘埃里，于是两个人之间总是缺少婚姻必备的默契，也难怪萧红临死前恨自己没有早点离开端木。只是换了汤没有换药，又能如何？即使萧红跟端木早早分开，她那性格不改，也未必会比当时更好。

萧红缺少洞悉男人的本领，不懂怎样去挑选男人，她有点像随遇而安的蒲公英，走到哪算哪。萧红对男人的认知，也仅停留在表面，甚至于她并不知道自己想要找什么样的男人，也就是说萧红心里没底。

从她几次不成功的恋情和婚姻来看，萧红似乎是主动的，细究下来她又是被动的，她的主观意识支配自己在婚恋上有新的追求，不愿意委身于家庭的安排，甚至于她对婚恋有着至高的憧憬。但实际生活中，她又是随波逐流的，从王恩甲、萧军、端木蕻良几个人跟她之间的故事来看，她并不知道怎么去选择一个适合自己的男人，更不知道怎样跟一个男人长久相处。如果说她遇人不淑，那一个男人抛弃她，两个男人抛弃她，以至于她最终被淹没在更多男人的话题中，萧红到底知不知道自己在追求什么？

都说是萧军出轨在先，最终背弃和自己同居六年的萧红，那么萧军身上无形中就打上了"无情男"标签，然而他跟王德芬结婚一生相守又是怎么回事呢？是浪子回头金不换，还是因为萧红不是他对的那个人？那时候萧红已经怀孕，如果萧军不顾及萧红，起码的骨肉之情总该惦记吧，而他之所以决绝地离去，没有一丝留恋，是否可以理解为哀莫大于心死，对萧红已经彻底失望？

也许，萧红的悲剧就在于她骨子里守旧，却又标榜自己是新女性，她的主要问题在于她没有收入来源，所以对男人的依附特别严重。其实，当萧红结识鲁迅时，正处于写作的高峰期，如果她抓住了时机，把写作当回事，先成名得利，再去考虑后面的问题，或许会是另一番光景。可世上的事没有如果，所以萧红只好在战火纷飞中，孤苦悲催地香消玉殒了。

纵观民国的才女，没有更惨只有最惨，最惨的萧红，一生经历多个男人，生了两个孩子，最终只能在三十多岁最好的年华时孑然一身，行走在黄泉路上。

苏青：

## 剔透的心里世俗的梦

1943 年的上海文坛惊现了一批新秀女作家，也就是这一年，苏青凭借着她写的长篇自传体小说《婚姻十年》一跃成为上海滩最闪耀的女作家之一。如果没有这十年跌宕起伏的婚姻带来的刺痛和磨难，她就不会有那么清醒的醒悟，笔下也不会有惊艳四座的小说。如果没有当初出走的决绝和勇气，也就不会有至今被人津津乐道的故事。

### 最初，一切都很美好

1914 年，苏青出生于浙江宁波一个书香世家，祖父给她起名冯和仪，"鸾凤和鸣，有凤来仪"是为和仪，后来因为用"苏青"这个笔名发表文章而声名大噪，渐渐地"苏青"取代了"冯和仪"。外婆家称得上是当地的名门望族，虽然外祖父没有考中举人，但却是闻名乡里的秀才，即便不是官宦人家，家道也算富有。

　　苏青的父亲冯松卿是毕业于美国哥伦比亚大学经济系的留学生，母亲鲍竹青也是受过师范学校文化教育的名门闺秀。优渥的家境、良好的家庭教育氛围，熏陶出了苏青深厚的文化素养。这从她在校的表现就可见一斑。初中的时候，苏青就已经是校内的风云人物，校刊上经常刊载她的文章。她在文学上的天赋，在那时候就已经开始显露。家世良好，成绩优异，容貌又清秀可人，苏青一时间成了学校内人尽皆知的"校花"。

　　也是在这段时间，成绩出众、才艺俱佳的苏青邂逅了长相英俊、家境优越的同窗李钦后。那时候的苏青很喜欢参加学校里的文艺活动，在一次莎士比亚的舞台剧《罗密欧与朱丽叶》的演出中，搭档了当时同时在校读书的李钦后，李钦后一口流利的英语、潇洒的舞台表现吸引了情窦初开的苏青。爱情就这样毫无防备地来了，他们由此相遇相知，相恋相爱。既然爱上了，就爱得彻彻底底，就爱得义无反顾，奋不顾身，这就是苏青。

　　陷入爱情的苏青尽情享受恋爱带给自己的美好，花前月下，耳鬓厮磨，她觉得眼前的男子就是她寻找到的终身伴侣，他们在你侬我侬的热恋期订下了婚约。这一切水到渠成，他们彼此相爱，门当户对。苏青深感自由恋爱结合的婚姻比起父母的包办婚姻要幸福得多。

　　苏青主张婚姻自由，恋爱自由，对什么父母之命媒妁之言很是不屑。她对爱情的执拗似乎早就存在她的骨子里了。

　　签订婚约后不久，刚满20岁的苏青就以全校第一的成绩考入了当时著名的南京国立中央大学外文系（现南京大学），而李钦后则考入了东吴大学（现苏州大学）的法律系，两家人都十分开心。

进入大学的苏青一样的光芒四射，风华正茂的年龄，出众的外貌，学习成绩优秀，才思敏捷的她很有亲和力，在学校很受欢迎，被誉为"中大宁波皇后"，众星捧月般的追求者也让苏青在没有李钦后陪在身边的大学时光显得不那么无聊。

然而宁波订婚的婆家听说苏青在大学很受欢迎，开始着急担心起来，为避免夜长梦多，开始督促他们完婚。苏青心底里是不想这么着急结婚的，她想以学业为重，原本想的是大学毕业之后再结婚也不迟，可是天有不测风云，父亲的突然离世，使得她的家境每况愈下，加之对母亲境况的考虑，苏青犹豫再三，最终同意了。

于是，在1934年的寒假，苏青和李钦后在宁波举行了豪华而盛大的婚礼。中西合璧的婚礼在当地引起了不小的轰动，新郎英俊潇洒，新娘娇俏可人，一切都那么完美，宛如一场最动人的美梦。梦里有海誓山盟，齐眉举案，还有锦绣人生。

这可能是苏青人生里最盛大、最引人注目的时刻，不知道多年后的苏青回望这一刻，是遗憾，还是漠然。

婚后没甜蜜多久，浪漫开始向现实妥协，曾经的甜蜜就开始慢慢变味。

爱情来的时候，不会给你打招呼。可是爱情走的时候，却会地动山摇般地向你宣告。苏青怎么也不会想到，十年婚姻把这段甜蜜的爱情折腾得支离破碎，光彩全无。

### 十年婚姻路，一朝烟云散

婚后不久，李钦后与生俱来的少爷气质暴露无遗，婚前的浓情蜜意早已不见，取而代之的是不闻不问。而回到南京继续上学的苏青发现自己竟然怀孕，这在学校是不被允许的，无奈之下，她只好辍学回家待产。也是在此之后，苏青认为的原本般配的婚姻伴随着女儿的出生，开始出现缝隙。

传统的家族观念认为无子为七出之一，由于苏青产下了女孩，一心想让苏青延续家族香火的李家开始对其冷言冷语。对苏青而言，最无奈的便是接下来的五年里生了四个女儿。这种无奈的苦闷在她所写的《生男与育女》中有所描述"一女二女尚可勉强，三女四女就够惹厌，倘若数是在'四'以上，则为母者苦矣"，其中酸楚略见一斑。她开始心灰意懒，尽管第五个孩子终于是男孩，但她却心如凉冰。

婚后的李钦后整日流连花天酒地，朝三暮四，对苏青的关心越来越少，完全没了婚前的嘘寒问暖情意绵绵。最过分的莫过于他竟然勾搭了邻居的太太，致其怀孕，这实在让人忍无可忍。更过分的是一日，苏青跟他说家里没米下锅了，换来的却是一记耳光和嘲讽："你也是知识分子，为什么不出去赚钱？"

苏青彻底绝望了，同时她也下定决心——从今以后，决不能指望男人来养活自己。

事实证明，恶人自有恶人磨，学法律毕业的李钦后在日后的工作中利用工作之便对纠纷案中年轻貌美的姑娘揩油，最后东窗事发，家中被查出黄金、现金以及贵重财物约1亿元，成为司法腐败案的阶下囚。

她渴望爱和被爱，可现实回馈她的却是一记响亮的耳光，她一直渴望美好的爱情，却屡屡被爱情所伤，她屡屡怀抱对婚姻的希望，却被一再的背叛。丈夫的出轨，婆婆的冷眼，无人理解的苦闷让她早已失去了好好生活的兴致。

如果是不让她求学，为了孩子她勉强接受；因为没有生养男孩，婆婆的冷眼也能忍受；那么最让她忍受不了的则是她丈夫对婚姻的不忠，对爱情的不忠，对自己的不忠。

她以为她的次次退让会让丈夫回头，她以为她的坚持会让这段婚姻维持下去，无奈换来的却是丈夫的拳脚相向，是丈夫更加不堪的丑闻。婚姻早已名不副实，支离破碎，原本期待的爱情早在不知不觉中烟消云散。如果继续委曲求全，又有什么意义呢？

1943 年，忍无可忍的苏青离家出走，她的决绝出走终于为这段千疮百孔的婚姻画上了句点。

没有儿女，没有丈夫，没有工作，没有依靠，前途看不到光明，尽管如此，苏青还是勇敢地跟这段婚姻说了再见！

这段婚姻里，她不是不努力，她为了女儿，放弃求学；为了家庭，她的忍气吞声和包容换来的却是丈夫无情的背叛，公婆的横眉冷对，再热的心也早已如同寒冰。

她敢爱敢恨，敢想敢做，也许注定她本就不是逆来顺受的小媳妇。她是追求新生的苏青，是向往自由的苏青，是渴望爱情的苏青。

## 不甘心做宿命的棋子

苏青不得不承认自己是婚姻里的失败者，但是她不想做人生的失败者。离开家的苏青全无着落，没有经济来源的她开始在杂志上投稿，靠微薄的稿酬补贴家用。随后她将自己这些年的婚姻经历写成了长篇自传体小说《婚姻十年》，一经刊登发表，深受欢迎的同时也备受争议。

也许是因为人红是非多，当时有很多人觉得苏青写的《婚姻十年》文风大胆，很多言辞太过露骨，被批太过"粗俗"，比如她说"我需要一个青年的、漂亮的、多情的男人，夜里偎着我并头睡在床上，不必多谈，彼此都能心心相印，灵魂与灵魂，肉体与肉体，永远融合，拥抱在一起"，因其"有伤大雅"的文风，被人送外号"文妓"。可苏青从来不是受这种流言蜚语所左右的人，她依然我行我素，我笔写我心声，从未把这些评价放在心上。

在这期间，苏青发表的《论离婚》文章得到了当时时任汪伪政府的伪上海市市长陈公博的赏识。当时的陈公博也深陷舆论丑闻，他的结发夫人李励庄听说他跟手下的秘书关系暧昧不明，带着孩子要自杀，家庭内部也是一地鸡毛，婚姻陷入危机，心中苦闷无人理解。而苏青说的"男子即使有了外遇，也不会轻易离婚，因为即使老婆已为糟糠，毕竟服侍自己一场，再不济也可管家带孩子，且有能力和财力拈花惹草的名门望族休妻也始终是不名誉的事情"的观点切中了陈公博的心事，陈公博瞬间觉得找到了知己，苏青所说之言皆为自己心声。除了苏青不幸的婚姻让陈公博顿生怜悯之情，同时也被苏青辛辣凝练的文风所折服。

　　苏青得知"市长"如此欣赏她，出于对未来生计的考量，她没有放过这稍纵即逝的机会，于是在当时影响很广泛的《古今》杂志发表了一篇文章。文章公然称赞陈公博的文章，并且夸赞了陈公博的长相，说"他有着诚恳的笑意，还有着高高的、大大的、直直的象征着公正与宽厚的鼻子"。这种大胆毫不掩饰似乎带有些许调情意味的文章，在当时却遭到了社会人士的嘲讽。只有苏青知道这是迫不得已而为之的选择，因为她知道只有讨好陈公博，她的日子才不会居无定所，风餐露宿。她也知道讨好有着"汉奸"背景的人也并不光彩，所以在她后期所收录的散文集中没有出现这一篇文章。尽管苏青发表的文章引来很多诟病，但是陈公博看见了依然非常高兴，迫不及待地想跟苏青见面。

　　苏青第一次见到传说中的"市长"，饭桌上陈公博看苏青的眼神让她感到十分拘谨，心思敏感的苏青哪能不知道陈公博的心思。酒过三巡，陈公博也了解苏青的顾虑，于是跟她娓娓道来他选择的从政这条路的原因，他与汪精卫有生死之交，所有的选择都是不得已而为之，陈公博坦诚的流露让苏青也起了恻隐之心，开始同情起他的遭遇来，对他的好感加深了几分。

　　当陈公博从周佛海处得知苏青正处在失业中时，已经按捺不住想要帮助她的心情，随即就安排她当他的秘书，工资待遇一切从优，聪慧的苏青哪能不知道陈公博的心思，但她拒绝了做陈公博秘书的要求。可是迫于生计，她后来接受了做伪政府的科室专员的工作，如此一来，苏青的工作难题解决了，同时苏青也沾上了"汉奸"的嫌疑，这也成为她悲凉晚年的导火索。

　　就这样，苏青做官了，她经常跟着陈公博进出各类场所，文人做官是做不长久的，文人骨子里的清高、书卷气、薄脸皮是文人治世的通病，对于溜须拍马、钩心斗角缺乏经验，孤芳难自赏。所以，苏青只做了三个月的专员便辞职不干了，她实在适应不了官场的尔虞我诈。直来直去的苏青把做官的这段经历写了出来，除了感叹官场的种种不如意，她甚至发出了这样的感慨："一个真正想讲爱情的女子，绝不会把做官的人看作对象，他的事情这样忙，行动这样不自由，都是恋爱过程中的致命伤。"由此也不难看出，苏青对陈公博是没有爱情的，有的恐怕只有知遇之恩了！

思前想后，苏青觉得自己最擅长的还是写作。她的文学梦似乎一夜之间被唤醒了，她决定创办一家属于自己的杂志社。杂志不是说做就能做起来的，没有资金支持，没有印刷物料，一切都是空中楼阁，加之当时日军侵入上海租界，上海全部沦陷，沦为孤岛，物资极度匮乏，而此时帮助苏青的正是有知遇之恩的陈公博。陈公博听说苏青要创办杂志，当即毫不犹豫就给苏青开了一张十万元的支票。有了资金的支持，1943年10月，《天地》杂志创刊。

为了杂志的顺利刊发，苏青算得上呕心沥血，邀请了当时上海政界、文学界最具名气的人做专栏作家，张爱玲、胡兰成、周作人、陈公博、周佛海父子、纪果庵、柳雨生等都是《天地》杂志的作者。当然也包括她自己，她还给自己开了一个小专栏，内容涉及甚广，男人女人、结婚离婚、生儿育女、职业理想、女权主义、家长里短，无所不谈，直言不讳！

《天地》杂志的创立，让苏青实现了自己的文学梦，也让她找到了自己的事业，她想为自己的人生留下浓墨重彩的一笔。她既是社长，又是主编，同时还是发行人。对这份事业的热爱，让她心甘情愿地东奔西走，凡事亲力亲为，包括亲自上门催稿，四处联络印刷厂。

为了扩大杂志的知名度，她会跟街边的行人推荐自己的杂志；为了扩大杂志营销，她找合作单位做打折优惠；她还懂得名人效应，将当时著名的作家周作人的全身照刊登在杂志上，吸引更多的人来买杂志；她知道如何调动读者的积极性和参与度，杂志会定期举办征文比赛，让很多热爱文学的人参与进来。

这段忙碌的日子，无疑也成了她整个人生当中最值得回忆的美好时光。

### 天下竟没有一个男人属于我

像苏青这样出色的女子，即便是离婚了，她也不缺追求者，有的人是欣赏她的性格，有的人是仰慕她的才情，甚至有人说她是红粉知己，也许是把男人看得太透，男人的那些小把戏她能一眼看穿，看得太明白，就不会轻易应允，所以鲜有人能走进苏青的心里。

如果爱情是一辆列车，那属于她的那列车为什么还不来，她等的已经满身疲惫，山高水长，等一个爱自己的人为什么那么难？有时候好不容易遇到知心懂自己的人，却是"恨不相逢未娶时"。

她曾在《续结婚十年》感叹："天下竟没有一个男人是属于我的。他们有妻、有孩子、有小小的温暖的家，他们也常来，同谈话同喝咖啡，也请我看戏，我恨他们，恨一切男人，他们不肯丢弃家，至少不肯为我而丢弃，我是一个如此不值得争取的无价值的女人吗？"这分明是一个等爱女子的独白，可惜这份独白无人能懂，她只是渴望一个能在寒冷时候能在她身边给她温暖的人。

陈公博的出现让她在那个动荡乱世获得了一时安稳，却没有给她想要的爱情，而且她知道她永远不可能会选择跟他在一起，因为她有自己的底线，在民族的大是大非面前，除了知遇之恩以外，对于陈，她实在是找不到更合适的定位在心里安置他。

苏青的一生都在为爱找个落脚，可是世间男子千千万，却偏偏没有一个能收得下她的爱。有一个人的出现似乎弥补了她心里的缺憾，这个人就是王意坚。

1945 年随着抗战胜利汪伪政府的倒台，陈公博被枪决。由于苏青有在汪伪政府机关的为官经历，她深陷舆论的风口浪尖，惶惶不可终日。她躲得过动乱不堪的时局，却躲不过悠悠众口。

也是这个时候，时任国民党上校的王意坚被派往上海接受汪伪政府相关业务，认识了处境尴尬的苏青。比苏青长 6 岁的王意坚（后改名王林渡）出生于山东诸城，求学于济南，后因参加北伐战争并加入了国民党，因表现突出，成了汤恩伯手下突出干将之一。回到台湾地区后的王意坚笔耕不辍，经常用"姜贵"的笔名发表文章，后来成了颇有影响的作家，"姜贵"的名字也开始尽人皆知。

王意坚读过苏青的作品，十分欣赏苏青的才情，同时对她目前的处境十分同情，那时候的王意坚已经有家有室，可是他仍然按捺不住对苏青的好感，几次伸出援手，帮助苏青解决柴米油盐的问题。

正是处境尴尬的苏青又能怎么办呢？她无着无落，这时王意坚的帮助无异于雪中送炭，她是心存感激的。一来二往之中，苏青觉得他是个不错的男人，温良恭俭，一副谦谦君子的模样，而且脾气很好，很懂自己，更重要的是他们在一起不会缺少话题，甚是投机，感情也在一天天中加深。

一天，王意坚在处理汪伪政权公务时有人送给了他一栋房子。他思忖自己只是临时来上海办差，不久就会回重庆，房子空着也是空着，于是就让苏青搬了进去。顺理成章地，他也搬过去和苏青一起住了。他们同居了。

在苏青的眼里，王意坚是一个合格的丈夫、好伴侣，无奈相见恨晚，他已有妻室。对于爱情，女人都是自私的，她不允许爱她的男人如此博爱多情。

苏青要的是有名有分的婚姻，要的是朝夕相处的陪伴，要的是踏踏实实的日子，而不是见不得光的关系。讽刺的是王意坚什么都能给她，给她深深的爱，给她独有的深情，却唯独给不了她婚姻。所以在这一点上，苏青对王意坚是有怨恨的，他经常对苏青说他心心念念的只有苏青一人，爱的也只有苏青一人，对于身在重庆的太太只是愧疚之情，没有爱情。

王意坚的结发妻子严雪梅也是通情达理、贤惠居家的好女人。王意坚离家参军的这诸多年，一直是她忙着照看家里的里里外外。况且，当年是王意坚苦苦追求的人家。王意坚在济南上学期间认识了唱京韵大鼓的严雪梅，而严雪梅也在王意坚写给她的一封封情诗中爱上了他，尽管她读不懂诗里的意思，却仰慕他流露出来

的才华。而王意坚又怎么开得了口去伤害一直默默为他付出的妻
子，孩子的妈。

后来，王意坚结束在上海的工作回南京，再回来找苏青的时
候，留给他的却是人去楼空。最后，他带着满身的遗憾回到了南京。
苏青在王意坚离开上海后，就离开了他留给她的房子，她意识到
他最终还是给不了她想要的婚姻。如果他真的有意，离开的时候
就会带她一起走了。她苏青是什么人，拿得起放得下，虽然她很
嫉妒，嫉妒如此好的男人为什么就不是属于自己的。然而她的心
也随着他的离开结了厚厚的茧，自此以后，她恐怕再也不会爱上
别人了。

晚年的苏青才悔悟，当初在一起的时候为什么不对王意坚好
一点，他除了不能给她女人的名分，什么都做到了，百般呵护，
万般忍让，他对她的爱无怨无悔，而她只不过是仗着他爱她，对
她百依百顺，就任性了一些，殊不知她此生再也遇不见如同他那
般对自己好的男人了。

自此以后，他们再也没有相见！爱过也好，恨过也罢，这段
爱情最后无疾而终。

而令苏青想不到的是，王意坚和太太结婚多年，因为身患隐
疾，未有子嗣，却在和苏青分开后，竟然一连养了三个儿子。如
果苏青知道了原本信誓旦旦跟她承诺只爱自己的人跟他不爱的人
生养了三个孩子，不知道又会是一种怎样的心境，我们无从而知。

苏青和李钦后的爱情告诉她，表面上看似般配的爱情，留给
她的却是满身瘀青，没有哪种爱情和婚姻需要放弃尊严去维护的，
好的爱情不会让人感到委屈，不会让人受累吃苦，如果不是如此，

那就是爱错了人。而和王意坚的爱情，让她知道爱情会让人不知所措，会让人嫉妒生气，会让人难过伤心，但她最终是温暖的，是能带给你幸福感的。

可惜啊可惜，偌大的中国，优秀的男子千千万，却唯独没有属于她的一个，当岁月蹉跎，容颜逐渐老去，身体渐趋佝偻，苏青终究还是没有寻到那份属于自己的爱情和归宿，陪伴她的只有她那一身的才华了。


### 爱情不圆满，但友情还在

爱情的不圆满似乎成了苏青生命中的一道缺口，如影随形，每每苦苦追寻而求不得的苦闷和无奈让她发出了"世间竟没有一个属于我的男子"的长叹！可是，幸好，还有友情！纵使饱尝爱情的苦涩，却也有温暖人心的友情。

或许是同样拥有才情的女子，或许是对爱情同样渴求的缘故，或许是相仿的年纪，也或许是爱情上相似的经历，苏青遇见了与她惺惺相惜的张爱玲。她们都受过高等教育，都爱好文学，都不喜欢倚仗男人生活，都是自己动手丰衣足食的一类人，她们不关心政治，在乎的是自己的冷暖。

苏青最初认识张爱玲是因为她创办的《天地》杂志需要有人帮其撰稿，苏青通过关系找到了张爱玲，原本以为心气甚高的张爱玲是不属于帮其撰稿的，没想到张爱玲竟爽快地答应了。她还是《天地》杂志驻守时间最长发表文章最多的作家。如果没有真挚的感情，心性骄傲的张爱玲是不会在当时名不见经传的新杂志洋洋洒洒发表数千言文章的。

世间无巧不成书，也是在《天地》杂志创刊的这段时间，通过苏青的介绍，张爱玲认识了和她纠结一生的胡兰成，成了两人的红娘。胡兰成也是苏青找到的杂志撰稿人之一，风流倜傥的胡兰成看了张爱玲写的文章，很是欣赏，夸赞其文章风采堪比鲁迅先生，这样的称赞也让张爱玲感到受宠若惊，一来二往，慢慢熟稔了起来。

苏青和张爱玲是两个性格截然不同的人，张爱玲眼中的苏青身上有烟火气一样的世俗、特别喜欢热闹、而且个性骄傲，她曾在文章里这样描述过苏青："她难得有这样的静静立着，端详她自己，虽然微笑着，因为从来没这么安静，一静下来就像有一种悲哀，那紧凑明倩的眉眼里有一种横了心的锋棱，使我想到'乱世佳人'。"而苏青眼中的张爱玲则是心性淡薄的，心思缜密的，孤傲冷漠的。

她们不仅仅性格不同，创作风格也各树一帜。由于同为女性作家，创作题材离不开男人女人，家庭婚姻，可她们的创作风格上却大相径庭，但就是如此不同的两个人，相处的关系却恰如其分。性格的迥异，创作的差异丝毫不妨碍她们对彼此之间的欣赏！

张爱玲知道苏青十年婚姻里的不容易；她懂苏青的独立；她明白苏青对爱情的渴望；苏青所遭遇的，她似乎都能感同身受，体会得真真切切，这让苏青很是欣慰。她们是彼此的知音，她们的相处就像一面镜子，坦坦荡荡，干干净净，亮亮堂堂。

她们从来不避讳对对方的称赞，一次苏青出席一场女作家聚会，就当着众多女作家的面堂而皇之地说"女作家的作品我从来不看，只看张爱玲的文章"，这样赤裸裸毫不掩饰的称赞，除了快人快语的苏青能说得出口，恐怕也没有谁了。而张爱玲也一样，称赞起苏青也是直言不讳，她曾说："如果必须把女作者特别分作一栏来评论的话，那么，把我同冰心、白薇她们来比较，我实在不能引以为荣，只有和苏青相提并论我是甘心情愿的。"

苏青和张爱玲之所以能聊得很投机，是因为她们在价值观和婚恋观方面都会不约而同的契合。在一九四五年一次记者做的详细访谈中可以了解到一清二楚。这次访谈就是流传甚广的《张爱玲与苏青对谈记》。

这次访谈是在张爱玲所在的公寓里进行的，访谈所涉及的内容围绕妇女、婚姻、家庭展开。在被问及女人是否应该有一份属于自己的工作时候，苏青和张爱玲的观念不谋而合。苏青说女人耗费在家务上的精力太多，可以用工作赚的钱来雇人打理家里的一切，这样既能寻得到自己的价值，也不会被家庭的柴米油盐所负累。张爱玲则说有职业工作的女人至少要比那些天天围绕锅台打转，不懂得修饰自己的家庭妇女要可爱得多。由此可见，她们都是主张女人要自立自强的。苏青支持女人有属于自己的工作，是因为她的第一段失败的婚姻告诉她如果女人离了婚，没有工作就会风餐露宿，有一份属于自己的工作，至少不会忍饥挨饿，孩子生活会有保障，生活不至于太累。

在被记者问及花自己赚来的钱高兴呢还是花别人的钱快活的时候，苏青和张爱玲的观点惊人的一致：都主张花丈夫的钱。苏青说，用丈夫的钱是天经地义的，女人有十月怀胎的辛苦，背负着传宗接代的使命，花丈夫的钱理所应当。张爱玲则说用丈夫的钱，是一种快乐，因为你爱他，愿意接受他的照顾，穿他给买的衣服，是爱的一种体现，并宣称花男人钱是女人的专利。

这次访谈中最值得一提的则是记者问了一个"男人可不可靠"问题，或许是因为坎坷的婚姻经历和遭遇，苏青在回答这个问题的时候说："在一切都不可靠的社会里，只有钱和孩子是可靠的，我宁愿感情被孩子骗去，也好在受不相干的人的骗。"从苏青果决的回答中，我们知道苏青的心已经不再柔软，爱情逝去，情分已尽，留在她心底的是满满的痛，是不足为外人道也的苦涩。而张爱玲则没有回答这个问题，也许是因为她正在经历着爱情的美好，还没被胡兰成伤害，答案我们无从而知。直到这次访谈结束，才知道原来她们在很多事情的看法认识上是一致的，她们都追求生命的充实和超脱，她们孤单却不沉沦，尽管时光清冷，但是她们都努力让自己的生活过得有滋有味。

有段时间，关于苏青和陈公博之间的种种传闻充斥大街小巷，当时的八卦小报戏称苏青是陈公博的"露水妃子"，而当时的张爱玲也陷入了和胡兰成暧昧不明的关系，被喊作"文艺姘头"，她们本是一介弱女子，又怎么能堵得住外人的悠悠众口，风言风语。俗话说三人成虎，刺耳的谩骂，异样的眼光，要说心情不受影响完全是不可能的。要做到置若罔闻、泰然处之不是那么简单，这种压抑堵在胸口，实在太痛苦煎熬。

在那段遭人非难排挤的日子，她们时常约着一起去逛街散心。今天一起相约去裁缝店做件衣服，明天去理发店做个头发，换个好心情，也会去商业街新开的咖啡馆喝喝咖啡，流言蜚语的日子有了彼此的陪伴不至于那么难挨。无处排解的苦闷，也会因为有人一起分担，而让心情变得明朗起来。

男人靠不住，罢了！

爱情不顺遂，罢了！

婚姻不如意，罢了！

还好，身边还有一个懂你的朋友！

还好，人生还不是那么难"过"！

苏青的一生像是一首咏叹调，她穿过锦衣绣袄，见过兵荒马乱的战场，经历过官场的声色犬马，目睹过政治的风云骤变，也曾居无定所狼狈无依，可她一生都未放弃对极致爱情的追求，尽管自己经历的两段爱情，磕磕绊绊，可她仍然积极面对生活给予她的苦难，丝毫没有丧失追求爱情的勇气，追求幸福生活的激情。

也许这样的女子，是浩瀚历史中的昙花一现，但她也为我们展示了那个年代里与众不同的美丽。

盛爱颐：

繁华落尽时，爱恨已倾城

十月芳菲尽，一曲羡流年。

1917 年，枫叶正红的时候，她与他，在沪上邂逅相逢。

那一年，她方当妙龄、韶华灿烂，优雅中带着几许天真、一分憧憬；

那一年，他踌躇满志、意气风发，儒雅中带着几分浪漫、一点多情；

她是佳人，他是才子，宿命的相遇，宿命的相逢，即便最后错过，也自浓情缱绻。

她是一颗沉淀在岁月中的朱砂，永远烙印在他的心中，烙印在历史的书册上。浓墨重彩之余，又清清淡淡，婉转如诗。


**枫叶红时，浓情缱绻**

盛爱颐，是晚清重臣、"中国商业之父"盛宣怀第七女，上海滩第一豪门盛家的掌上明珠，工诗擅绣、容颜清丽、端庄淑婉、见多识广，天生满满的名媛范儿。

与宋子文相识那一年，她 17 岁，正是一个少女情窦初开的年纪。

宋子文是美国圣约翰大学和哈佛大学的高才生，青年俊彦，知识渊博，风度儒雅，相貌堂堂，绝对是骨灰级的"少女杀手"。1917年，宋子文留美归来，虽然有心从政，一时却找不到晋身之阶，便在大姐宋蔼龄的引荐下，成了旧日同窗、汉冶萍钢铁集团总经理盛恩颐的英文秘书。

盛恩颐是盛宣怀的第四子，少年多才，胆略过人，在上海滩，是当之无愧的太子爷。

他人面广、朋友多、能量大，跟在他身边，宋子文也结识了不少权贵人物，受益匪浅。

但，宋子文原便是个很骄傲的人，屈居在同窗门下，总是让他觉得浑身不舒服，而盛恩颐又是个典型的大少爷性子，说话做事，难免有些盛气凌人，平日里，因为应酬较多，经常日夜颠倒，睡到日上三竿才起来办公是常有的事，而宋子文，却是个守时的人。

每天八点，作为秘书的宋子文都会准时到盛公馆点卯，盛恩颐没起床，他就在客厅里静静地等。一等就是一上午。一次两次还好，次数多了，时间长了，就算盛家人再不懂礼数，也觉得过意不去，更何况，盛家是大家族，簪缨传家，最重礼数。

于是，某一天，宋子文再来的时候，客厅中就多了两位陪客，盛家掌权人、盛宣怀的夫人庄德华，还有，名满沪上的"盛七小姐"

盛爱颐。

初见盛爱颐，宋子文就被她的优雅、高贵、清丽、淑婉深深地吸引住了。

那一刻，他便认定，她就是自己命中注定的另一半。

他对她露出温醇的笑容，她点点头，回之以淡淡的微笑，淡得让他感觉到一种刻骨的清冷与疏离。

这抹疏离，让他惊醒，原来，他们还只是陌生人。

没有哪一刻，他那样迫不及待地想要了解和亲近一个人。

他被她俘虏了。

以后的日子里，在盛家等待盛恩颐，便成了他最幸福的日子。他突然就觉得，不守时、爱睡懒觉的盛恩颐是那么的可爱。

盛爱颐呢？

她自幼聪颖、伶俐机智、端雅大方，但毕竟只是个青涩而懵懂的少女。

她向往爱情，憧憬着公主与王子的爱情童话，痴痴深情，哪怕其实知道，他并不是王子。

那时节，清王朝已经日薄西山、走上末路，洋务运动之后，整个中国都氤氲着一股自由和民主的风气，在时尚前沿的大上海，上层圈子中更掀起了一股学习英文的热潮，作为名媛的盛爱颐自然也受了影响。

她想找一位英文老师。

上海旧时租界，外国人很多，留洋回来的留学生更是多如牛毛，要找英文老师，对盛爱颐来说并不难。

但是，盛家是传统的大家族，盛夫人对盛爱颐宠爱有加，爱女要学英文，老师自然不能随便找。最起码，要人品端正、知识渊博、家世清白，若是知根知底就最好了。

条件不算苛刻，可也不好找，就在盛夫人为女儿费心张罗的时候，宋子文找到了她，毛遂自荐。

宋子文是真心喜欢盛爱颐的，他把她当作女神，倾慕她的姿容，仰望她的高贵，绞尽脑汁，穷极心思，只想离她近一点。这一次，他终于如愿了。

在盛夫人眼中，从美国镀金回来的宋子文相貌不凡、谈吐儒雅、为人风趣，不仅是儿子恩颐的同学，还是老五（盛家五小姐盛关颐）过去的家庭教师宋蔼龄的弟弟，也算是知根知底。而且，宋子文说得一口流利的英语。做盛爱颐的英文老师，确实是再适合不过了。

有了盛夫人的首肯，在那年深秋，枫叶正红的时候，宋子文施施然闯进了盛爱颐的生活。

出生于 1900 年的盛爱颐，身上既有着晚清封建大家闺秀的沉静，又有着民国自由思潮濡染下少女的叛逆和洒脱，当她与儒雅又西派的宋子文相遇的时候，注定了就是火星撞地球，溅射出火花无限。

第一堂英文课，他就丰富了她的眼界，刷新了她的世界。

他给她讲美国的风土人情，讲美国人的生活，讲美国大学的自由开放，讲美国牛仔的滑稽有趣，讲美国人奇葩的价值观，讲好莱坞，讲百老汇，讲美国的乡村摇滚，讲美国的各种奇闻趣事……她惊讶于他的渊博，对大洋彼岸那个自由的国度也充满了好奇。

他给她，打开了一道窗。

她开始对他好奇，好奇他的人，也好奇他的经历。

当一个女人，尤其是一个女孩对一个男人好奇的时候，她就已经开始沦陷。

盛爱颐也一样。

她对他不再疏离，她和他相谈甚欢，她的心，在自己都不知道的情况下，渐渐地偏向了他。

时间，就在两人相对无言却又心照不宣的爱与被爱中，走过了六年。

她的生命中，也彻底刻印上了他的影子。

她在等待一个诺言，一个名分，一个结果。

他也是。

1922 年的深秋，空气中带着几抹淡淡的凉意，一个飘雨的黄昏，他踩着满地厚厚的红叶，郑重地向她求婚：

"爱颐，请嫁给我，做我的妻。"

那一刻，她心乱如麻，既甜蜜又羞涩，不知道该如何回答，于是，她跑开了，只留下，他一个人，在风中，数着红叶。

她不知道，这一转身，便是离殇。

## 进退一念，终究错过

爱情，让人痴狂，让人执着，也让人心殇。

盛爱颐爱宋子文，宋子文也爱盛爱颐，但他们注定有缘无分。

师生恋是浪漫的，才子佳人是一种传说，但骨感的现实中永远都没有罗曼蒂克。

盛家高高的门槛成了隔在盛爱颐和宋子文之间的一道墙，让人难以逾越。

当宋子文和盛爱颐你侬我侬的时候，精明干练又爱女心切的盛夫人已经开始悄悄地派人打听"准女婿"的家世。

要说起来，宋子文也不算出身贫寒，广州宋家虽不是大富大贵，但也算小康之家，但在盛夫人眼中，却和赤贫没什么区别。

盛家是民国顶级的高门大阀，盛宣怀是中国早期工业之父，洋务派领袖，著名实业家，盛家的产业几乎遍布了中国所有的重工业领域，华盛织布厂、汉冶萍钢铁集团、中国铁路总公司、中国通商银行等，均是盛家的私产，盛宣怀去世之后，留给家人的现金，就有一千三百多万。

庄德华（即盛夫人）本人也出身名门，娘家乃江南第一名门毗陵庄氏，书香门第，世代簪缨，祖上有进士35人，举人82人，11人供职翰林院，庄存与、庄培因兄弟更是状元及第、金榜题名，与江南几大豪门都有姻亲。盛夫人的族兄庄蕴宽更是一代人杰，桃李满天下，李宗仁、白崇禧、李济深等都是他的学生。

而宋家呢？

宋子文的父亲宋嘉树虽然薄有资财，但也就是个暴发户，不算是什么实业家；与盛家有一段渊源的宋蔼龄，在盛夫人看来，嫁得也不算好。那时节，孔祥熙也不过是一个稍有成就的小商人，至于宋庆龄，嫁了个"革命党"，生活更是"颠沛流离"，不值一哂。宋子文本人也不过是盛恩颐的秘书，功不成名不就，还要仰盛家的鼻息生活。

这样的宋家怎么配得上盛家？宋子文又怎么配得上盛爱颐？

不想爱女一嫁误终身的盛夫人在这一刻，露出了自己的峥嵘。

她找来儿子盛恩颐，告诉他，要想办法把宋子文弄走。

盛恩颐是个乖孩子，听了母亲的话，第二天就炒了宋子文，把他"发配"到武汉的汉冶萍集团分公司当会计。

宋子文知道，这是盛家对他的警告，但那时候，他爱盛爱颐正爱得痴狂，一日见不到她，就相思成疾。在武汉待了几天，他又偷偷溜回了上海。盛公馆门第森严，盛夫人对他严防死守，但上有政策，下有对策，进不了盛家的门，宋子文就在街上晃，只要看到七小姐的车出现，就猛冲过去拦她的车，隔着车窗，和盛爱颐说话，互诉衷肠。有一次，因为拦车，他还差点被撞伤。

宋子文的痴情，盛爱颐看得见，也不是无动于衷。她爱他，她也很为难。

盛宣怀有八个儿子、八个女儿，但盛夫人亲生的女儿却只有一个，那就是盛爱颐。

从小到大，盛夫人对盛爱颐是宠爱有加，含在嘴里怕化了，捧在手心怕摔了。盛爱颐对母亲也非常依恋和热爱，二十多年来，母女二人，朝夕相伴，感情之深厚，可想而知。

盛夫人不喜欢宋子文，宋子文也不喜欢盛夫人，而盛夫人与宋子文却又是盛爱颐生命中最重要的两个人，她不想失去他们中的任何一个，于是，她纠结了。

母亲与爱人，亲情与爱情，究竟要怎样选择，盛爱颐不知道，也不愿意知道，因为，这样的选择对她来说，太残酷。

然而，世事无常，该做出选择的时候，终究还是要做出选择。

1923 年，陈炯明叛军被平定，孙中山迫切地想要重建革命政权，但政权的重建并非一朝一夕能够完成，也不是一个人一张嘴就能完成的，孙中山急需要人才，才华横溢的小舅子宋子文自然便成了首选。

当年 2 月，孙中山和宋庆龄连发了数封电报催促宋子文南下广州，但宋子文却踟蹰不已。

他想去，他也知道，去了广州，待在姐姐姐夫身边，他就能大展宏图，实现自己的政治抱负，未来的前途，一片敞亮。可是，他又不愿意就这样离去，因为，这里，还有他最爱的盛七。

英雄气短，儿女情长，那个时候，宋子文是心心念念地想要和盛爱颐相守白头的。

他真的很想和她一起去广州。

于是，2 月底的一天，他带着三张开往广州的船票风尘仆仆地赶到杭州，找到了在钱塘江边观潮的盛爱颐、盛方颐姐妹，邀请她们同行。

他深情款款地望着盛爱颐，眸中流溢着爱恋，语气带着几分恳求："爱颐，你知道我放不下你。革命一定会成功的，我们一起去广州闯荡吧。"

看着一脸祈求的宋子文，一向果敢的盛爱颐沉默了。

她心软了，犹豫了，她不想伤他的心，但她也不想就此和他一起离去。

就这样走了，算什么呢？

说是闯荡，其实不就是私奔？！

私奔能有什么前途？私奔能有什么名分？私奔了，以后的日子怎么过？

盛爱颐是大家闺秀，也是时尚贵女，很多时候，她比还带着几分乌托邦幻想的宋子文要理智和冷静很多。

她爱宋子文，所以，她不愿意和他走。

她不想他背负骂名，也不想让自己的爱情童话以私奔为最后的注脚。

她想要得到母亲的祝福，想要得到家人的祝福，想要和他名正言顺、堂堂正正地在一起。

这是一个女人最深的痴情，只不过宋子文不懂，或者说，当时的他还不懂。

"还是你自己去吧，我会在这里一直等你回来。"她对他这样说，这是她的答案。

宋子文很失望，那个时候，他不知道，一个女孩愿意为他枯守空闺、耗费最好的年华，苦苦地等待一个结果是多么沉厚的爱。

于是，他走了。默默转身，带着满心伤痛，带着她馈赠的金叶子，也带着他们的爱情。

他在广州，她在上海，南北分隔，遥相望，最后，却望穿了岁月，望断了肝肠。

她满以为，他懂她，懂她的期待，懂她的守候，懂她的深爱，但其实，他不懂。

钱塘江边，她退了一步，他进了一步，进退之间，便是彼岸，便是离殇。

他与她，终究是错过了。

1930 年，当他再次出现在她面前时，她已经为他守候了整整七年。

那一年，她三十岁。

同龄的姐妹们都已经嫁作他人妇，孩子都能够打酱油了，而她，却依旧站在青春的尾巴尖上，固执地等待着她的 Mr Right。

在她望穿秋水的时候，他终于回来了。

彼时，他已功成名就，高居民国政府中央财政部长的尊位，春风得意。

盛爱颐以为，他会遵守当初的约定，脚踏七彩祥云出现在她面前，和她百年好合，但她错了。

七年的岁月，足以冲淡很多东西，当年，他也没有懂她，只以为，她放弃了。

于是，他也放弃了。

1928 年的时候，他就与江西富商张谋之的爱女张乐怡结了婚。

使君已有妇，即便纠结，即便心殇，但盛爱颐还是选择了放手。

在他看不到她的时候，她转身离去，留下的，只是一抹决绝而清澈的背影。

回家之后，她大病一场，不是气的，而是委屈的。

七年如一日的等待，换来的不过是辜负，辜负自己的，还是那个曾经海誓山盟、信誓旦旦的人。

盛爱颐受不了。

她愤懑，她委屈，她有着满腹的话想要和宋子文说，她很想冲到他的面前，问他为什么要辜负，但最后，她什么也没有做，

---

什么也没有说。

当爱已成往事，对与错，是与非，恩恩怨怨，再去纠缠，再去寻根究底，又有什么意义？

难道要宋子文和张乐怡离婚，重新回到自己身边吗？

她的尊严，她的骄傲，都不允许她这样做。

即便被辜负，即便有遗憾，她还是她，盛宣怀的女儿，仙姿盛大、贵女范儿十足的盛七。

你既有了选择，我也该转身，继续自己的路。

盛爱颐是倔强的，也是豁达的。

1932 年，在宋子文结婚四年后，盛爱颐嫁给了盛夫人的内侄、她的表哥，江南庄家嫡子庄铸九。

## 相思成灰后，她依旧灿烂

爱情是每一个女人都绕不开的簪花宴，剪不断，理还乱，但除了爱情，女人的生命中，值得珍视、值得守望、值得去拥有、值得去奋斗的事情，还有很多，很多。

宋子文的辜负，让盛爱颐不再相信爱情，仓促下嫁庄铸九，也不过是在给自己找一个不再爱的理由。

没有你，我依旧活得很好。

盛爱颐大概是在赌气吧，但事实上，缺失了宋子文，盛爱颐的人生依旧是一部传奇，浓墨重彩。

宋子文，说到底，其实只是盛爱颐精致人生的一抹注脚，之所以被铭记，只因为，她愿意铭记。

1927 年，在宋子文与张乐怡花前月下、你侬我侬的时候，盛爱颐的人生却遭遇了最剧烈的变故。

那一年秋天，盛家实际上的掌权人，盛爱颐的母亲庄德华逝世了。

庄德华是个铁腕而强势的女性，善于持家，精于理财，整个盛家在她的把持下一直欣欣向荣、内外和谐。可以说，庄德华，就是盛氏家族的顶梁柱。现在，这根顶梁柱，倒了。

突然的打击，让盛爱颐有些不知所措，一直生活在母亲羽翼下，享受着晴空朗朗、生命晴好的她，也第一次遭遇了风雨。

盛夫人死后，留下的"颐养费"大约有七百二十七万。七百多万的遗产，对盛家来说，其实并不多，兄弟姐妹几个按照规矩，平分了就是。但人生不如意事十之八九，这个世界上总是有些人喜欢出幺蛾子，比如，盛恩颐。

盛恩颐是盛夫人的亲儿子，盛爱颐的亲哥哥，按理说，无论如何，胳膊肘都得往里拐，看顾着妹妹一点儿，但现实无情，在整个盛家纷乱不已的时候，第一个和妹妹翻脸的，就是亲哥哥盛恩颐。

1927 年 11 月 26 日，盛恩颐与盛家愚斋义庄的董事狄巽公一起向上海临时法院提起诉讼，要求由盛家五房平分包括已经用作慈善资金的五百万银圆在内的共七百二十七万盛夫人遗产。

被盛恩颐这么一闹，整个盛家就翻了天。

盛家五房，指的是盛宣怀三子：盛恩颐、盛重颐、盛升颐，以及盛家嫡系孙辈：盛毓常、盛毓邮。而盛毓邮虽然代表的是三房一脉，实际上却是过继的，是盛恩颐的亲子。若是按照盛恩颐的意思来分财产，盛家五房外的旁系无疑很吃亏，或者说根本就捞不着什么油水。

盛恩颐这使得就是"绝户计"！又狠又毒！

族里上上下下，不满的人多了，最不满的，就是盛爱颐。

将五百万银圆充入盛家义庄，作为公产，这是盛夫人生前的意思，盛恩颐这么做，等于是在对母亲不敬。而且，按照民国法律，男女平等，未出嫁的女子也是有财产继承权的，亲哥哥盛恩颐却不顾亲情，把她排除在了遗产继承名单之外，也让她分外寒心。

心上人鸿飞渺渺，音信全无，亲哥哥又这般冷漠寡情，盛恩颐心中的愤懑与不甘在不断地发酵。

她是善良，但善良并不代表软弱，忍让也不代表可欺。1928年，在和哥哥盛恩颐协商无果的情况下，盛爱颐一纸诉状把盛家五房全部告上了法庭，要求法院重新分割财产。

她不是为了争那为数不多的钱，她为的，只是争一口气，要拿回属于自己的东西。

盛爱颐是坦然的，也是坚决的，她的坚决，和她的胆魄，却震惊了整个上海。要知道，这可是民国以来，第一个女权案。

经过媒体的不断炒作渲染，本就在镁光灯下的盛爱颐再次成为万众瞩目的焦点。

对她的做法，各界褒贬不一，但盛爱颐却不在乎。她，问心无愧。

打官司，从过去到现在，都是件很麻烦的事情，亲生兄妹对簿公堂，其中的噱头和八卦更是吸睛无数。

为了这场官司，盛爱颐多方奔走，遭了不少白眼，也体会了太多辛酸，但自己选择的路，哪怕是跪着，也要坚持下去，也要有个结果。

那段日子，她真正学会了独立，也真正化茧成蝶，完成了名门贵女向女强人的蜕变。

最后，在孙中山夫人宋庆龄、蒋介石夫人宋美龄的鼎力支持下，盛爱颐胜诉。

1928 年 9 月，法院判决，盛七小姐分得遗产 50 万银圆。

官司打赢了，作为中国女权第一人，盛爱颐也火了。

围绕在她身边的豪门俊彦、优秀青年不知道有多少，但她还是选择守候，哪怕，从宋家姐妹的言谈中，她已经察觉到了某些自己不愿相信也不愿面对的事情。

1930 年，当宋子文回到上海，亲口告诉盛爱颐，他已经结婚时，盛爱颐信了，然后转身离开。

他的辜负，对她是一种伤痛，但也不过是伤痛，生活还是要继续，而且，她要活得更好，更精彩。

1932 年，盛爱颐下嫁表哥庄铸九，同年，她斥资 60 万，投资创建了"百乐门舞厅"，成为中国第一个涉足娱乐业的女实业家。

百乐门舞厅开业当天，上海市市长亲自光临剪彩，嘉宾席上，更是贵客云集。

短短不到一个月，百乐门就成了上海最具品位的娱乐休闲场所，每天，舞厅中都有大量名流云集，这其中，包括张学良，包括宋美龄，包括陈纳德，包括黄金荣、杜月笙，还包括孙中山、蒋介石，当然，也包括宋子文。

　　既然已经不爱，那相见不如不见。

　　宋子文结婚之后，盛爱颐与他之间的来往便寥寥无几。即便是后来，在哥嫂的苦苦哀求下，她不得不放下矜持，打电话给宋子文，请他帮忙营救侄儿盛毓度，她依旧是骄傲的、倔强的。

　　她说："宋院长，明天我想和毓度一起吃午饭，可以吗？"

　　他爽快地答应了："中午，我一定让你和毓度一起吃饭。"

　　第二天中午，盛毓度回到了盛家，哪怕他身上汪伪的印记，依旧没有清除。

　　见到盛毓度，盛爱颐心中五味杂陈，她知道，宋子文还是爱着她的。

　　但，使君已有妇，罗敷自有夫，他们早被一条浩浩汤汤的世俗之河相隔在了两岸，隔河相望，相对无言，却终究，有缘无分。

　　既然放手，她便放得潇洒，放得决绝。

　　从 1930 年到 1983 年，五十多年的岁月中，她只把他珍藏在心中，再不愿相见，哪怕哥哥嫂嫂特意安排了聚会，想让他们破镜重圆，她依旧只是淡淡地拂袖而去。

　　她说："我丈夫正在家里等我。"

　　或许，她曾经浪漫过，曾经憧憬过，但当相思成灰时，她并不想守着余烬，做一个不真实的梦。因为，生活是真实的。

　　没有他，她依旧灿烂如诗。比如，在她手中崛起的"远东第一乐府"百乐门。

　　"月明星稀，灯光如练，何处寄足，高楼广寒，非敢作邀游之梦，吾爱此天上人间。"

　　百乐门的霓虹依旧，盛爱颐的传说也依旧，没有宋子文，她依旧是盛七。

庄铸九算不上是合格的爱人，却是合格的丈夫，盛爱颐与庄铸九婚后，琴瑟和谐，相敬如宾，生活过得平平淡淡，但也幸福温馨。

两人膝下，有一儿一女，女儿庄元贞，儿子庄元端，生命若到此为止，即便有缺憾，但也算完满。

可，世事无常，造化却总是弄人的。


**繁华落尽时，优雅仍依旧**

帘外雨潺潺，春意阑珊，最难忘的是初恋，最倾城的却是谎言。

曾经，韶华灿烂的她，用一把金叶子送他远去，独守空闺，以盼余年，只可惜，他却忘记了承诺，将她最好的年华辜负。

她委屈，愤懑，却也知道，进退之间，其实便已经咫尺天涯。

和表哥庄铸九结婚后，她的心中或许还有他的影子，但既已嫁作人妇，他于她而言，便也只不过是绮丽斑斓的梦境中一抹最真实的幻影。

她知道，他对她情深难忘，他的女儿，名字中都有一个颐字，琼颐、曼颐、瑞颐，这是在祭奠他们那有始无终的恋情。

但，那又如何呢?

错过的终究还是错过了，夭折了毕竟还是夭折了。

他现在是张家的女婿，而她是庄家的媳妇。

嫁给庄铸九后，她一直恪守本分，端雅淑婉，不曾有半点逾越。

　　他们也算平安喜乐，靠着祖上余荫，庄铸九的收入不菲，继承了盛家部分遗产的盛爱颐手头也十分宽裕，小夫妻的生活悠闲而温馨。即便是身处乱世，依旧洋溢着浓浓的幸福，哪怕这种幸福背后总拖着长长的、黑色的风筝线。但是，有时候，命运总是在不经意间就和我们开一个大大的玩笑。

　　1956 年，各地"公私合营"进行得如火如荼，庄家和盛家旗下的产业均被收归国有，盛爱颐夫妇的收入顿时大幅度缩水，但靠着银行巨额的贴息，他们的生活其实也还算体面，比上不足，比下却绰绰有余。

　　盛爱颐本以为，在洗尽铅华之后，自己的生命便会在平淡中归于宁静。然而，她错了。真正的灾难和考验，还并未开始。

　　1966 年，"文化大革命"开始，盛爱颐也迎来了生命中最萎谢、最黑暗的一段时光：

　　丈夫庄铸九不明原因地被贴上了反动派的标签；

　　儿子庄元端被错划为右派，不得不到农村去接受改造；

　　女儿庄元贞刚刚大学毕业，却遭了池鱼之殃，被分配到福建最偏远的山区教书；

　　而盛爱颐自己也被赶出了住了几十年的三层联排别墅，"发配"到了五原路一栋旧房的车库中居住。

　　似乎是"造反派"们也嫉妒盛七小姐曾经的荣光煊赫，或许是有些人生来骨子里就存在阴暗的元素，又可能，上天觉得盛七实在是太倾城，才和她开了一个恶意的玩笑。

　　盛七小姐住的车库里竟然有一个化粪池口！

　　隔三岔五的，一辆拉粪车就会停在她的门前，拖着长长的管子，轰隆轰隆地抽粪，恶臭弥漫整个房间。她就那样默默地看着，不说话，也不动，安然中自有一番沉静的气度。

她相信，人生有顺逆，灾难过后，便是晴天，她愿意和庄铸九在离乱中相依为命，相携白首，但庄铸九却再次"辜负"了她。

离乱之中，人命如草芥，身体本就不是特别好的庄铸九最终还是没能守得云开见月明，在十年动荡最激烈的那一年，他撇下盛爱颐，独自一个人，走了。

有段时间，盛爱颐也受到了批斗，每天，带着一身疲惫和伤痕回来，她都会默默地对着西方一笑，因为，庄铸九的坟冢，就在那里。

不记得是哪一天，大概是一个落日熔金的傍晚，隔壁汽车间里的一个"右派"问盛爱颐，你后悔吗？盛爱颐笑了笑，没有回答，但其实，那也是最好的回答。

1947 年，"黄金风潮"在毫无预兆的情况下爆发，物价以匪夷所思的速度在飞涨，民怨沸腾，作为时任财政部部长，宋子文黯然去职，带着家小，悄悄地去了美国。在走之前，他曾经去找过盛爱颐，他希望，她能和自己一起走，哪怕是带着庄铸九。但她拒绝了。

1950 年前后，国内政局动荡，一些预感到不妙的资本家、实业家、政治名流，全部远走海外避难，包括盛恩颐在内的许多盛家亲族也选择了离开，那个时候，盛爱颐原本可以和他们一起走，一起走，也是她最好的选择，但她还是选择了留下。

上海，是她的根。这里铭记了她童年的懵懂，镌刻了她少年的飞扬，写满了她青春的伤痛，也融进了她太多的美好年华。

上海滩，哪怕是破落了，也是她的坚守之地。

骄傲如她，从来都不愿意逃离，哪怕，繁华已经落尽，爱恨早就倾城。

选择留下，留住了什么，又失去了什么，别人不懂，盛爱颐也不愿说。

庄铸九离开后，盛爱颐生了一场大病，这是她第二次生大病。

病中，她并没有得到多少照顾，"造反派"对她苛刻依旧，但她的心却很平静。

虽然出身豪富，自幼锦衣玉食，但盛爱颐却不是一个不食人间烟火、不懂民众疾苦的女子，她这一生，其实活得都很豁达，很淡然。

富贵的时候，她从没有显摆过什么，贫贱落难的时候，她也不曾抱怨分毫。人世间的悲欢离合、世态炎凉，她看得太多，懂得也太多。

富不过三代，天下哪有永固的豪门，哪有永远兴盛的家族，又哪有永远安乐的生活。

能有一段热烈而真挚的初恋，能有一个相濡以沫的爱人，能有一双孝顺成才的儿女，哪怕生活多苦难，盛爱颐也知足了。

得知盛爱颐在国内过得艰难，盛家的亲族在唏嘘之余，纷纷伸出援手，不断地给她寄来钱物，尤其是在日本经商的侄子盛毓度更是频繁寄来巨额财物，嘱咐姑姑，一定要保重身体。

每次，看着侄子的信，读着兄长发来的电报，盛爱颐的嘴边总会泛起一抹最温醇最灿烂的笑意。

血，终究是浓于水的啊。

虽然兄妹之间有过矛盾，虽然大家族中情感淡漠，但一家人终究还是一家人。

晚年时，盛爱颐最喜欢的不是各种稀奇古怪的西洋玩意，而是雪茄。

20 世纪六七十年代时，五原路上有一个菜市场，每天午后，两三点钟的时候，盛爱颐都喜欢搬一个小板凳，坐在门口，姿态优雅地抽两口雪茄，不是做作，而是真的在享受乱世中难得的静好时光。

雪茄的芳郁，和着袅袅的烟雾，弥漫在眼底，总仿佛是一曲离殇，将她带回那悠远的过去。

菜市场中熙熙攘攘的人群，嘈杂的人声并不会惊扰她的记忆。

很多曾经住在五原路的老人都记得，路过盛爱颐家门口的时候，总能见到她的脸上挂着一缕宁静、素淡，充满了温馨的笑容。

那个时候，她或许是在回忆她送给他金叶子时的柔情缱绻与爱恨两难；

那个时候，她或许是在怀念那个爱了她一辈子，也与她相守了一辈子的大表哥；

那个时候，或许……

1976 年，"文化大革命"结束，盛爱颐也搬出了她的汽车间，儿子庄元端平反后赴美发展，女儿庄元贞留在国内，陪伴母亲，事业渐渐有了起色。

岁月荏苒，再静好的故事也挡不住流年，1983 年，在女儿、女婿、儿子、儿媳及许多盛家亲族的目送下，盛爱颐走完了她灿烂又凄婉的一生。

　　她死后，归葬苏州。

　　苏州是盛家的源流之地，也是盛家祖地，这里，留下了太多的传说，也倾诉着太多的故事，非独盛爱颐一人，但盛爱颐，却是其中最倾城、最绝艳的那一个。

　　她经过繁华，也历过艰辛，爱过，恋过，也哭过，恨过，但，往事种种，皆已若云烟，留下的，只是一份沧桑过后的从容，一份离乱之外的静好。

　　十月芳菲尽，一曲羡流年。

　　繁华落尽时，爱恨已倾城。

　　盛七小姐，从来都是一个传奇。

陆小曼：

纵情只为自己活

陆小曼，是民国一道绚丽的风景。

她的一生，充满了传奇。她风华绝代，才学卓然，叛逆开放，勇于追爱，就是这样的一个女子，让王庚痛苦了一辈子，让徐志摩宠爱了一辈子，让翁瑞午照顾了一辈子，让世间男子怀想了一辈子。

### 上天赐宠，初露锋芒

陆小曼出生于 1903 年农历九月十九日，恰逢传说中观音菩萨的生日，她又生得眉清目秀，故家人戏称她为"小观音"。她的父亲陆定，是国民党高官，早年留学日本，是日本首相伊藤博文的得意弟子。后来，他参加了孙中山的同盟会，当过财政部司长和赋税司长，在银行界亦多有建树，手握财政大权，风云一时。清朝时，陆定做过北京贝子贝勒学校的教师，文章写得一流。小曼的母亲吴曼华，则出身江南大家庭，幼承庭训，贤良淑德，多才多艺，古文、绘画无一不精，是一位难得的具有文艺气质的母亲。陆定做教师时，带回王子王孙的文章，吴曼华也曾帮着批改，文字亦是不俗。小曼成年后，腹有诗书气自华的风采，就是从小受了母亲的熏陶。

小曼的童年生活，可以用一个关键字来形容：宠。宠字下面一条龙，她刚好别名小龙。上天宠她，赐予她美貌，更让她降生在大富之家，更独占长辈的宠爱——吴曼华生了九个孩子，只有小曼活了下来。而且，她体弱多病，就更惹人怜爱。陆小曼是世界的宠儿。

小曼儿时，清秀可爱，且聪慧过人。在她9岁时，袁世凯专政，借口国会中的国民党议员在几个月前与"二次革命"有关，就下令解散国民党，派军警搜缴国民党议员438人的证书、证章。父亲陆定也在搜查之列。

有一天，他照例带着证件去上班，小曼拉住父亲说："父亲，证件带在身边恐怕会有危险，今天还是摘下藏在别处吧！"

幸亏小曼及时提醒，这天才出门，陆定即被警方传去软禁。到了晚上，大批宪警包围了陆家寓所，搜查之余，又讯问小曼家中情形，以为在小孩子口中，容易得到真相。不料小曼毫不慌张，应付自如，始终不露破绽。警方见查不出什么证据，只好释放了陆定。

自这件事后，陆定在娇宠之余，对女儿有了更多的希望与寄托。

豆蔻年华的小曼，出落得亭亭玉立、娇媚可人，她精通英语

和法语，西方的钢琴和东方的绘画尤为出色。在学校里，大家都
称她为"皇后"。她每次到剧院看戏或到中央公园游玩时，外国
和中国大学生往往前后数十人，或给她拎包，或为她持外衣，而
她则高傲至极，对那些人不屑一顾。此时的她，已将万千宠爱集
于一身。

她从小就显出了一种无人能比的气场，她喜欢别人对自己称
臣。娇美，骄傲，陆小曼是民国的娇娇女。

只是，此时的小曼像是还未雕琢的璞玉，她需要一个舞台让
她闪耀。

机会来自一次外交部的接待工作。当时北洋政府外交总长顾
维钧要学校推荐一名精通英语和法语、年轻美貌的姑娘，去外交
部参加接待外国使节的工作，陆小曼顺利入选。于是，她经常被
外交部邀请去接待外宾，参加舞会，在其中担任中外人员的口头
翻译。可别小看了这些社交舞会，翻译不仅仅把对方的话译出来
就算了事，还须随机应变，来对付那些蔑视华人的外国人。小曼
有颗爱国心，看到外国人蔑视华人的行为，她就巧妙对付，以牙
还牙。

有一次，法国的霞飞将军在检阅我国仪仗队时，见动作不太
整齐，故意奚落道："你们中国练兵方法大概与世界各国都不相
同吧！"小曼当即回答："没什么不同，全因为你是当今世界上
有名的英雄，大家见到你不由激动，所以动作无法整齐。"

又有一次，在节日宴会上，有的外国人为了取乐，用点燃的
纸烟头接触中国儿童所持的气球，突然"啪"的一声爆破，原来
高高兴兴玩着的孩子吓得哭叫起来，而那些外国人却捧腹大笑。

这些中国孩子都是高官子女，可是眼看外国人作弄自己的孩子，他们只能尴尬地苦笑，谁也不敢提出抗议。小曼目睹此景，异常气愤，便以其人之道还治其人之身。她也用同样的做法烧破外国儿童的气球，使洋人吃惊，也使那些高官目瞪口呆，而小曼自己则坦然自若。

还有一次，她陪同外宾观看中国文艺表演。有一名外宾毫不客气地批评表演糟糕，小曼也明知节目确实不精彩，还是反唇相讥："这是我们国家的特色节目，你们看不懂而已。"

十八岁时，她开始名闻北京社交圈。而这一切与她那段外交生涯密不可分。

这三年外交生涯不仅锻炼了她无与伦比的社交能力，也让她那颗拳拳爱国之心得以彰显。而通过这些事情，也体现出小曼绝不服输的个性。

她的这种个性犹如硬币的正反面，如果在国家的荣誉面前，誓不服输，当然受人尊敬；而如果将这种誓不服输的个性用在坚持婚姻以外的爱情，肯定遭人非议。

不过对于骄傲公主陆小曼，爱情梦想怎会轻易被流言打败？当然，这是后话。


**无爱闪婚，心生寂寞**

到了适婚年龄，自是一家有女万家求，前来陆家提亲的人络绎不绝。小曼的母亲相中了青年才俊王庚，他比小曼大七岁，毕业于美国普林斯顿大学和西点军校，回国后曾经在北京大学任教，文武兼备，前途无量。

小曼和王庚从订婚到结婚仅仅一个月，是名副其实的闪婚。

那年小曼十九岁，虽然拥有众多追随者，却还没有遇到令她怦然心动的男子，还不知情为何物。不过，她也知道，自己是父母的掌上明珠，他们挑选的乘龙快婿，绝对不会差，最起码不会降低自己的生活质量。于是，对父母安排的婚事，她除了顺从，竟还有隐隐的期待。

在这桩婚事中，小曼就像大海中的一叶小舟，被风浪颠来颠去，完全是被动的。当蜜月的激情渐趋平静后，她渐渐发觉自己并不快乐。她觉得，自己和王庚之间在性情和爱好方面有很大的差异。王庚在美国受了多年的教育，生活方式也有些美国化，加上他少年得志，全部精力都花在工作上，一星期从星期一到星期六，是绝对的工作时间，不能用于玩耍。而且，王庚又是学军事的，行为比较刻板，不太会讨好女人，也缺乏浪漫手段，甚至夫妻生活都固定在某一时间。

这种"爱护有余，温情不足"的相处方式，让小曼心生怨怼。她觉得自己在家里只不过是个精致的摆设，要想出去玩玩也不自由，因此小曼对王庚是"敬重有余，爱情不足"。

磊庵在《徐志摩与陆小曼艳史》中提道："谁知这位多才多艺的新郎，虽然学贯中西，与女人的应付，却完全是一个门外汉。他自娶到了这一位如花似玉的漂亮太太，还是一天到晚手不释卷，并不分些工夫温存温存，使她感到满足。"

其实，王庚爱陆小曼，用他自己的方式。他是最符合世俗眼光的一个体面丈夫，只可惜他慰藉不了小曼心灵的干渴。

结婚第三年，王庚被任命为哈尔滨警察局局长，小曼随同前往。据说由于她当时是名满京城的社交人士，因此到哈尔滨后，哈尔滨的大街小巷到处贴满了她的海报。由于地域和生活习惯的差异，不久小曼就回到北京娘家居住，与王庚分隔两地。

此时的小曼，摆脱了王庚的束缚，重新回到了社交场，成为众人瞩目的交际花。被人们称为"南唐北陆"（上海的唐瑛和北京的陆小曼）。小曼和唐瑛的区别是，她虽不妖在表面，却媚在骨子里。

胡适曾感慨道："陆小曼是一道不可不看的风景。"甚至兴冲冲地对刘海粟说："你到了北平，不见王太太，等于没到过北京。"是的，那时的小曼虽已嫁为人妇，却仍被众多男子牵挂。

可就算这样光怪陆离、浮华奢靡的生活，也满足不了小曼那颗青春易感、渴慕爱情的心，她在日记里写道："其实我不羡富贵，也不慕荣华，我只要一个安乐的家庭、如心的伴侣，谁知这一点要求都不能得到，只落得终日孤单。"

女人是奇怪的动物。有些时候，上天给了她全世界，可她的内心真正想要的，却是这世界之外的一点点。小曼也不例外。

最懂的人，最暖的伴。这种灵魂和生活兼得的伴侣，是小曼心底最为渴望的爱人。

这个世界有两种东西把人束缚：物质和爱情。而当物质充沛时，爱情则显得尤为珍贵。

在《圣经》故事中，小曼最喜欢那篇《出埃及记》，她相信每个女子的生命里都会有一个摩西。她一看到他的眼神就知道，他是不是那个可以带她走很远的人，去到丰沛之地，去到上帝之城。

可惜，王庚不是小曼生命里的那个摩西。或许一个人只要彻底失望，就很容易获得彻底的坚强。

这时的小曼就像一头沉默的兽，孤单而决然地等待着自己生命里的摩西。

### 云雨相望，一眼万年

1924年年底，22岁的陆小曼与徐志摩是在一次舞会上"真正"相识的。一曲完毕，她感觉爱情像玻璃一样刺穿了自己那颗渴爱的心。

之所以加上"真正"二字，是因为，小曼和志摩在泰戈尔来华期间就已相识，只是那时并未接触。那年5月8日，是诗人泰戈尔64岁生日。北京学界要为他开祝寿会，其中最后一个节目时用英语演出他的戏剧《齐德拉》。

当然，此时的主角不是小曼，而是徐志摩、林徽因和梁思成。尽管小曼是个配角，但由于她的光彩照人，同样引起了众人的关注，有个叫赵森的粉丝甚至详细地记录下了她的打扮和举止："小曼喜欢戏剧，喜欢凑热闹，为了大文豪泰戈尔，她乐意充当配角。演出那天，在礼堂的外部，就数小曼一人最忙，进来一位，递上一册《齐德拉》的说明书，同时收回一元大洋。看她手忙脚乱的情形，看她瘦弱的身躯，苗条的腰肢，眉目如画，梳着一丝不乱的时式头，斜插着一枝鲜红的花，美艳的体态，轻嫩的喉咙，满面春风地招待来宾，那一种风雅宜人的样子，真无怪乎成为第一美人。"

从这段记录看，小曼和志摩在老诗人的祝寿会上并未直接接触。毕竟，当时志摩的情感还完全倾注在另外一个女子身上，即使是同样魅力四射的陆小曼。更何况，陆小曼是好友王庚的妻子，故他并没有非分之想。

泰戈尔的来访，开启了徐志摩与陆小曼的深情。感情的受挫，让诗人徐志摩垂头丧气，心灰意懒，而拯救诗人这种晦暗心境的，除了爱情，还是爱情。

对于徐志摩，陆小曼早有耳闻，他是当时极负盛名的"新月派"诗人，是北平少女的"大众情人"，甚至传言有富家女对他思恋过度，差点丢了性命。

陆小曼从小就是万人瞩目的焦点，这也造就了她不肯服输的个性。小曼当初恋上徐志摩，多少也有些好胜因素在里面。如果诗人没有那么大名气，不是众少女心中的最佳情人，她还会那么执着地喜欢他吗？

而在舞会上的四目相对，志摩头顶上的光环使小曼感到，"他那双放射神辉的眼睛照彻了我内心的肺腑"。那场舞会，仿佛是小曼和志摩的专场，爵士音乐一响，他们就欣然起舞，跳个不停，完全无视他人的存在。

他们娴熟的舞步，优美的姿态，默契的配合，使舞池里的其他男士显得"六宫粉黛无颜色"。他们两个，一个是绝世佳人，情意绵绵；一个是江南才子，风流倜傥；一个是朵含露的玫瑰，一个是首抒情的新诗，干柴遇上烈火，顷刻迸发出爱情火花。

徐志摩和陆小曼的相遇，是两颗孤寂的心的相遇。他们都渴望找到一份感情，来填补空虚、寂寞、无望的生活。他们很快撞出了爱的火花，决绝，不顾一切。

两人相拥而舞，一直舞到云端，眼睛里再也没有别人，内心里也再也没有挫败感。诗人轻而易举地被那种如坠云端的轻盈和迷醉击倒，乖乖做了美和情的俘虏。

然而，他们一个是有名望的有夫之妇，一个是如大众情人一般的著名诗人，他们之间的爱情，注定不会被世人祝福，获得上天的眷顾。

舞会之后，徐志摩成了王家的常客。而王庚专注于自己的前途，无暇陪小曼，又怕她待在家里无聊，就要好友志摩陪她游玩。小曼喜欢打牌，志摩就陪她打牌；小曼喜欢听戏，志摩就陪她听戏；小曼喜欢画画，志摩就给她介绍北京画界名家。

这时的小曼不禁拿王庚与徐志摩相比，王庚虽然受过高等教育，却是不解风情的一介武夫；而志摩不仅能写浪漫诗篇，更能读懂她内心痛苦而深沉的世界。

她觉得，徐志摩才是她心目中的理想伴侣。她爱上他一掌间的温暖，他的掌心总能召来她的动心。

如果一段爱情不去开始，也就永远不会消逝，可是谁又能禁受得住爱的诱惑，不去开始呢？

### 爱在心上，便是天堂

那时候新月社演戏，有一出戏叫《春香闹学》，志摩扮演老师，小曼扮演春香。志摩和小曼，情窦暗生，一剧定情。小曼是天边的云，志摩是忧伤的雨，暖风过境，缠缠绵绵，覆雨又翻云。志摩说："案上插了一枝花便不寂寞。最宜人是月移花影上纱窗。"小曼就是那枝花。

花醉迷人眼。

北平石虎胡同七号——徐志摩组建的新月社，成了他们的幽会之地。在某个"翡冷翠的一夜"后，他们两人互订了终身。

他们热恋时，恨不得刻刻黏在一起。徐志摩那时也文思泉涌，留下了很多脍炙人口的爱情诗句。如《雪花的快乐》《春的投生》《一块晦色的路碑》《翡冷翠的一夜》，等等。这时的小曼几乎成了徐志摩的诗歌灵感之源。他动情地写道："我的诗魂的滋养全得靠你，你得抱着我的诗魂像母亲抱着孩子似的，他冷了你得给他穿，他饿了你得喂他食——有你的爱，他就不愁饿不怕冻；有你的爱，他就有命！"

他给小曼的诗中写道："那时我凭借我的身轻，盈盈的，沾住了她的衣襟，贴近她柔波似的心胸——消溶，消溶，消溶——溶入她柔波似的心胸！"

他甚至和小曼合著了剧本《卞昆冈》，主题是"爱、美和死"，仿佛一语成谶，暗暗印证着他们的人生。

不久，他们的私情曝光，巨大的压力超乎他们的想象。社会舆论口诛笔伐，铺天盖地。小曼的父母也认为女儿的行为辱没了家风，对不起女婿，自觉地代女婿严加看管女儿；而志摩的父母则将小曼视为不良妇人，勾引自家儿子。

就在他们走投无路的时候，将徐志摩视为义子的泰戈尔，邀请他去意大利相会，胡适等人劝志摩借机出去避避风头。一对恋人相互为着对方的处境考虑，答应了这样的邀请。

临行前，志摩要小曼给他写信，当作日记来写，记她的起居、趣事、心情、感悟，等等。

徐志摩走后，小曼便拥有了相思之苦。她觉得时间仿佛停止了，四面都露出一种冷清的静，一切都变得乏味了。她坐在桌前，看着志摩给她的信、物品，拿在手里直发怔，不敢看，也不想开口，老是呆坐着，不知道自己该做些什么。

于是，她开始了写日记，这就是著名的《小曼日记》。《小曼日记》从1925年3月11日开始，一直到7月11日结束，总共19则，讲述了她的闺房之苦和思念之情。

3月22日，她在日记中写道："最知我者当然是摩！他知道我，他简直能真正了解我，我也明白他，我也认识他是一个纯洁天真的人，他给我的那一片纯洁的真，使我不能不还给他一个整的、圆满的、永没有给过别人的爱。"

与此同时，徐志摩也在思念里写着日记书信，那本脍炙人口的《爱眉小札》就在此时诞生。

"爱是甘草，这苦的世界有了它就好了。眉，你真玲珑，你真活泼，你真像一条小龙。"

"一双眼睛也在说话，晴光里漾起心泉的秘密。"

5月下旬，王庚坚决要求小曼随他南下上海，以此切断她和志摩的联系。小曼誓死不从，在她眼里，周围刀光剑影，容不得她和志摩纯洁的爱情。她本来身子就弱，急火攻心加上思念过度，晕厥症乘虚而入，几乎夺去了她的半条命。

压力、别离、病痛，这三样犹如爱情催化剂，他们爱越发爱得不可救药，跨越大洋彼岸的通信，几乎篇篇充斥"爱和死"。不能爱，毋宁死，这成了他们的信念：

"我有时真想拉你一起死去。我真的不沾恋这形式的生命，我只求一个同伴。"

"我有时真想拉你一同死去，去到绝对的死的寂灭里去实现完全的爱，去到普通的黑暗里去寻求唯一的光明。"

"我恨不得立刻与你死去，因为只有死可以给我们渴望的清净，相互永远地占有。"

信件里这些疯狂的字眼见证了他们当时熊熊燃烧的激情。

小曼在病中抽空看了一篇外国小说，书中的主角为了爱，经历了各种艰难险阻，终于在一起。可是不久后，男主角就死了，留下女主角孤单单地跟着老父亲苦度残年。

小曼觉得书中的故事太残忍了，不由得哭了。那时，她根本想不到她和志摩以后的经历会与这本书中的情节如此相像。

她实在忍不住相思之苦，给志摩发了一封电报："希望两星期飞到，你我做一个最后的永诀。"

志摩回来后，依然无法与小曼相见。

于是，他请胡适去做小曼母亲的工作，却无功而返。他又拜托刘海粟做王庚的工作。

王庚并非胡搅蛮缠的人，他的内心深爱陆小曼，只是不懂得如何表达。

听了刘海粟的一席话，他知小曼的心已不在他身上，和他在一起时痛苦度日。他爱她，不愿她不开心，可是又不舍她离开自己，与其他男人双宿双栖。

不过经过两个月的思想斗争，他还是决定放了她。

他对徐志摩说："我们大家是知识分子，我纵和小曼离婚了，内心并没有什么成见；可是你此后对她务必始终如一，如果你三心二意，给我知道，我定以激烈手段相对的。"

王庚与陆小曼离婚后，一直没有再娶。可见他对小曼的用情之深。

当然，这是题外话。

那两个月对于小曼来说，简直度日如年。她真担心王庚不肯离婚，不放她走，不让她和志摩结合。

当王庚同意离婚并祝福她和志摩幸福时，她哭了，不知是由于悲伤还是由于突如其来的幸福。

但是幸福来了没几天，小曼又陷入了重重矛盾之中。她发现自己怀孕了，孩子是王庚的。考虑再三，为了爱情和自由，她选择了流产。当时，她决定既不告诉徐志摩，也不让王庚知道，只由自己一个人品尝苦果。她偷偷地带了个贴身丫头去找了个德国医生做了手术，对外则谎称身体不好，去休养一段时间。没料到手术失败，她的身体从此一蹶不振，不仅不能生育，而且一过夫妻生活就会昏厥。婚后，志摩想生个孩子，小曼尽管心里痛苦万分，但她无法诉说，只是幽怨地说："你是不是有了阿欢（新欢）？"

小曼曾送志摩一枚戒指，上面镶着一块"勒马玉"（翠玉的一种）。所谓"勒马玉"，背后有一个美丽的故事：从前有个王子，手上戴着一块翠玉。有一天，一匹马忽然无来由地朝王子狂奔而来，危险将至，千钧一发，王子情急之下，举起手上戴着的翠玉，马儿看到翠绿的戒指，以为眼前的是青草，就情不自禁地停下来，轻吻翠玉。翠玉勒住了奔马，是为"勒马玉"。志摩就是狂奔的马儿，小曼就是那翠玉。她暂时停住了他的脚步，得到了他的心。今生的缘分、前世的因果，既然相遇，就不要彼此错过。

然而，志摩却不小心将它从窗口掉下，却怎么也找不到，那是小曼送给他的订婚戒指，他却弄丢了。

而这也预示着她和他之间的宿命。

爱在心上便是天堂，而她不知，最终他带着爱去了天堂。

如果一段感情可以只剩下开头和结尾，中间所发生的一切都被擦去，或许会是这个世界最完美的悬疑。

### 故事开始，结局已定

1926年秋天，陆小曼和徐志摩终于赢得北京北海公园那场著名的婚礼。那场婚礼之所以著名，除了两人的名声和这段情事的背景，更因为证婚人梁启超那一通绝无仅有的证婚词。

他对徐志摩呵斥说："你这个人性情浮躁，所以在学问上没有成就；你用情不专，以致离婚。"他提醒陆小曼："你要认真做人，你要尽妇道之职，你今后不可以妨碍徐志摩的事业。"

徐志摩在陆小曼这里寻找的，是一段情伤后的补偿。他是她的随从，为她的名气、风情、相貌所俘虏。他们联手冲破了世俗的偏见、人情的困扰，走到一方爱的新天地去。可是，婚姻从来不是桃花源。

婚后小曼随徐志摩回到了他的老家浙江硖石。然而志摩的父母一直比较抵触小曼，看不惯小曼对志摩娇嗔撒娇，直到有一次，小曼将吃了几口的饭娇嗲地推给志摩，让他继续吃完。这让思想旧派的老两口忍无可忍，竟愤然离家，去北平找张幼仪。

公婆的离去，让从小被捧在手心里的小曼尴尬异常，不由心生芥蒂。

民国另一女作家凌叔华曾对小曼说："男女的爱一旦成熟为夫妇，就会慢慢变成怨偶的，夫妻间没有真爱可言，倒是朋友的爱较能长久。"

小曼听后，只是付之一笑。

新婚伊始，志摩对小曼还是极好的，他感觉在硖石老家委屈了小曼，回到上海对娇妻更加百依百顺。小曼身子虚弱，正餐不吃，闲暇时零食、水果却从不离口。

然而天生喜欢热闹的小曼少不了戏曲。底子好，人又聪明，唱起戏来，有模有样，叫好声一片，小曼喜欢成为万众瞩目的焦点，很快她在上海交际圈博得了名声。

她喜欢捧角，每逢义演当仁不让登台压轴，而这都是需要花大把银子的。徐家老爷早已停了志摩的供给，志摩不得不东奔西走，拼命赚钱，他甚至干起贩卖古董字画、做房产中介的营生。每月辛苦挣来的银子，还是供不上娇妻的挥霍。

其实，这也不怪小曼，她从小生活优渥，嫁给王庚后，虽没有共同语言，但在物质上王庚从未亏待过她。所以，她根本不知道赚钱的辛苦。

志摩与小曼感情吃紧，一部分来自经济。那时小曼每月至少要花掉五六百大洋。这样庞大的开支让徐志摩挣扎得很辛苦。

于是，他想到了北上，而这更加深了他和小曼之间婚姻的裂痕。

小曼知道志摩多情，而他的那些红颜知己，一大半都在北平。可是却无力阻止。正如志摩无法劝说她北上一样。

志摩到北平后，绯闻女友韩湘眉还逼着他要回曾经送给他的一只猫，担心小曼虐待她和志摩养的猫，敏感如小曼怎能不心生幽怨。

志摩到北平后，旧情又有复燃之势，他甚至将自己一些不堪的往事，也一一写在信上告诉小曼。

"我是透明的，我把一切都告诉你。"不知诗人是天真，还是故意为之。

小曼看到这些字句，心里早已铁马冰河，凄凉一片。难道真如凌叔华所言，爱情进入婚姻，就会成为怨偶吗？

他们曾是彼此灵魂之伴侣，现在心灵却无法沟通。

当初拼死争取来的爱情，在他们的生活中，像一个残酷的笑话，一种黑色的幽默。

千变万化的爱情，纹丝不动的命运。

缺钱和多情足以摧毁曾经的爱墙。

或许，在她和志摩四目相对的那一瞬，结局已定，只是她悄然未觉。

多年后，小曼一直清晰地记得诗人坠机的那天中午，悬挂在家中客堂的一副徐志摩照片的镜框突然掉下，玻璃碎片顷刻掩埋了照片上他的脸。

诗人的生命定格在 1931 年 11 月 19 日，那年刚好是他 36 岁的本命年。

得知志摩去世的那一刻，小曼有种天地化为零的感觉，她知道自己再也不会快乐，而此后的岁月将在无尽的悔恨和悲痛中度过。

如果之前小曼没有和志摩争吵，他就不会负气出走；如果小曼早点来北平，他也不会来回奔波；如果不是为了赶上当晚在北京协和小礼堂关于古建筑的讲演，他也不会乘坐免费的邮政航班。

可是，生活没有如果，只有结果和后果。而这一切却全部由小曼这个纤弱的女子承受。

志摩的遗体从济南运回上海后，小曼见到了现场唯一的一件遗物——一幅山水画长卷。这是小曼早期的代表作，风格清丽，秀润天成。更珍贵的是它的题跋，会集了圈中名人。徐志摩把这幅画带在身边，是准备到北京再请人加题。

自己的随手涂鸦，竟被志摩当作宝贝四处题跋。那一刻，她不禁失声痛哭，直至晕厥。

志摩是流星，划破小曼沉沉黑黑的夜。流星过去，夜幕回归，沉寂黯然。过往的日子是彩色片，小曼走过彩色，归于黑白。

二十九岁是她生命的分界岭，二十九岁前的日子色彩斑斓，二十九岁后的岁月黑白交替。

她为志摩献花，她说："艳美的鲜花是志摩的象征，他是永远不会凋谢的，所以我不让鲜花有枯萎的一天。"

徐志摩的死，所有的枪口都对准陆小曼。而她始终默默承受，从不自我辩解。

其实，之前她都劝告过徐志摩不要乘坐免费的邮政航班，可诗人为了节约路费，依然固执坚持。

志摩之死原因很复杂，但她从不推诿自己的责任。她曾向赵清阁说："我没有杀志摩，志摩为我而死！"

当上帝收回了给她的特权，那个曾对她说，白首不相离的男人，就这样亲手把她送进了冰凉的命运。而她却无法亲自送爱人最后一程（徐父不让小曼去灵堂吊唁）。

这是何其残忍啊！

小曼在志摩飞机失事一个月后，忍痛写下了长篇悼文《哭摩》，回忆他们之间痛彻心扉的爱情。

"你走得太急，我开始怀疑，曾经你是否来过，如果只是幻觉，那为何情节如此清晰。"

"记忆的丝线就像一种咒语，在每个日升月落将我缠绕，它提醒我，不能忘记爱过你。我要怎样，剪断丝线，再不作茧自缚。"

徐志摩死后，陆小曼不再出去交际，她素服终身，并着手整理收集徐志摩在杂志上发表的诗歌，私人日记，写给友人的书信，准备结集出版《徐志摩全集》。

每个冷清的夜晚，看着他的文字，犹如看到他温暖的笑容，于是，她枕着这仅存的温暖入眠，期盼在梦中和他相会。

陆小曼，这个传奇女子，将余下的 33 年都奉献给了《徐志摩全集》。

　　徐志摩已渗入她的灵魂，无论何时何地，她都记着他，念着他，想着他。她不怕人骂，不畏阻碍，为《徐志摩全集》的出版竭尽全力。如果没有她当时及时地收集整理，徐志摩许多优美文章或许就从此消失。

　　1948年，这部命运多舛的《徐志摩全集》由香港商务印书馆出版，这是陆小曼对中国现代文学的一大贡献。

　　作为女人，陆小曼活得够自我，怎么喜欢怎么来，至情至性、妖娆闪亮。前半生，她姹紫嫣红，是舞台上的焦点、生活中的明星、上天的宠儿，灿烂得如同一树桃花；后半生，她繁华落尽，是孤独的未亡人、虔诚的学画者、忏悔的信徒，冷寂得像散场的烟火。

## 俗世烟火，静好岁月

　　提到陆小曼，就不得不提翁瑞午，这个被徐志摩的风头盖过的男人，是陪伴小曼时间最长的人，三十三年，从小曼最华艳到最凋零，他看尽春色，陪伴了小曼大半生。

　　翁瑞午与小曼相识于一次京戏表演。翁瑞午不仅扮相好，唱功也是一流。小曼那时正痴迷戏剧，除了舞场上的交际，全部心思都放在戏曲表演上，翁瑞午自然成了她的师傅。

　　当初翁瑞午与小曼的进一步接触是徐志摩允许的。小曼的身体不好，而翁瑞午的推拿却能缓解小曼的病痛，于是他常常带着女儿上门为小曼治病。后来小曼迷恋上鸦片也是他推荐的。

　　当时，鸦片在医生的眼里是药品，少量吸食能起镇痛的作用。

小曼吃了几次鸦片，果然感觉不错。

徐志摩去世后，小曼对人生，有了大彻大悟，内心深处，仿佛容不下其他人。

可是，这并不妨碍翁瑞午照顾陆小曼。

翁瑞午脾气特别好，每逢与小曼在一起，总是殷勤伺候，最常说的词是：我来，我来。

小曼只吃人奶，为此他为她请了专职奶妈；小曼便秘，他将蜂蜜放进针筒，注入体内；小曼抽鸦片鼻子下熏出的印痕，要用嫩豆腐揉搓，之后还要涂上蛋清。在那个物质匮乏的年代，这是一般人无法想象的。

比这更可贵的是，翁瑞午在小曼失去美色后，仍能在她身边不离不弃。

小曼年龄大了后，容貌衰减，不复往日光彩。因为长期吃鸦片的缘故，她的身体越发不好，牙齿全部脱落，牙龈都是黑的，脸色泛青，头发稀疏，大半时间缠绵病榻。翁瑞午待她依旧如故，问茶问水，供小曼医药饮食。

无论外面如何艰难，他都给心中女神一个"现世安稳，岁月静好"，给她一个童话世界，任凭外面风雨交加，战火连天，他不让她为柴米油盐烦忧，专心整理《徐志摩全集》。

其实，感情比爱情厚重，感情可以渗入你的骨髓，爱情却只在心尖颤动。当感情成为一种习惯，何尝不是一种更为深沉的爱呢？

六十年代初，翁瑞午病重时，他托人叫赵家璧和赵清阁来家中，恳请他们照顾小曼。

小曼很受感动。

1965 年，陆小曼在上海病逝，享年 62 岁。而她与徐志摩合葬的愿望，却永远没有实现。

自始至终，她都将徐志摩定格在爱人的位置，而亲人的位置则留给了翁瑞午。

## 图书在版编目（CIP）数据

内心优雅，自有力量 / 霍思荔著 . -- 北京 : 现代出版社，
2017.12（2024.1重印）

ISBN 978-7-5143-6622-8

Ⅰ . ①内… Ⅱ . ①霍… Ⅲ . ①随笔－作品集－中国－
当代 Ⅳ . ① I267.1

中国版本图书馆 CIP 数据核字 (2017) 第 284972 号

## 内心优雅，自有力量

| | |
|---|---|
| 著　　者 | 霍思荔 |
| 责任编辑 | 杨学庆 |
| 出版发行 | 现代出版社 |
| 地　　址 | 北京市安定门外安华里 504 号 |
| 邮政编码 | 100011 |
| 电　　话 | 010-64267325　64245264（传真） |
| 网　　址 | www.1980xd.com |
| 电子邮箱 | xiandai@cnpitc.com.cn |
| 印　　刷 | 三河市华润印刷有限公司 |
| 开　　本 | 880mm × 1230mm　1/32 |
| 印　　张 | 7.75 |
| 版　　次 | 2018 年 3 月第 1 版　2024 年 1 月第 3 次印刷 |
| 书　　号 | ISBN 978-7-5143-6622-8 |
| 定　　价 | 39.80 元 |